在茶热的时候喝下去

"路上五百字"随笔录

杨仲凯 著

作家出版社

图书在版编目（CIP）数据

在茶热的时候喝下去/杨仲凯著. -- 北京：作家出版社，2024.8. -- ISBN 978-7-5212-3000-0

Ⅰ.I267

中国国家版本馆 CIP 数据核字第 20244Y7V50 号

在茶热的时候喝下去

作　　者：杨仲凯
责任编辑：李亚梓
封面设计：琥珀视觉
出版发行：作家出版社有限公司
社　　址：北京农展馆南里 10 号　　邮　　编：100125
电话传真：86-10-65067186（发行中心）
　　　　　86-10-65004079（总编室）
E-mail:zuojia@zuojia.net.cn
http://www.zuojiachubanshe.com
印　　刷：唐山玺诚印务有限公司
成品尺寸：142×210
字　　数：239 千
印　　张：11.25
版　　次：2024 年 8 月第 1 版
印　　次：2024 年 8 月第 1 次印刷
ISBN 978-7-5212-3000-0
定　　价：58.00 元

作家版图书，版权所有，侵权必究。
作家版图书，印装错误可随时退换。

自序

集子里的这些文字,都是我在 2017 年秋天到 2018 年间,在京津之间来来往往的路上写的。

2017 年 9 月,我到鲁迅文学院读书时,正是北京最美的秋天,天空是蓝色的,心情也宁静。我记得我那间宿舍里的干净的阳光,我本来以为能在人生过半的时候,在那里有一个中场休息,我可以在宿舍里住下来,向后看,再向前看,住在秋天的北京,直到秋去冬来。但那段时间反而是最忙碌而急促的生活状态,我的宿舍基本上是空空荡荡的,我早晨从天津到北京、夜晚从北京到天津地奔走着。天气越来越凉,白昼越来越短,我披星戴月,行色匆忙。我有那么多事情处理不完,我下课后要回天津去,早上我距离鲁院教室最远,所以我要提前行动,这反而让我成为第一个走进教室的人。我在凌晨呼啸的寒风中出发,到了北京,就披了一身霞光。

在立冬的前夕,我想,我就这样来来往往,我什么时间写作?既然我始终在路上,那就在路上写吧。在京津城际高铁上,我用手机键盘在零星时间里写零星文字。我在寒风里,我在酒醉后,日复一日在路上。短一些，短也是一种追求，短到"五百字"，并且"在路上"，这就是"路上五百字"的来由，我在法律和文学、纪实和虚构中跳进跳出。

节制是一种美德，也是一种无奈。我总是在路上，所以就写短小文章。2018年年初，我从鲁迅文学院毕业回到了天津，但是写写停停的写作生涯由此不停。

我写的是生命思考，也有路上见闻，还有深深记忆。这里面有我的一段生活，也是这个时代的一个边角、一个点位、一段细枝末节。

2018 年 12 月

再序

五年以前，我就为这本书写了一个"自序"。写是写完了，但书并没有出版。这几年中遇有报刊向我约稿，我就到这本书稿的"仓库"里去翻找，于是不少内容被抽离出去，展开成了其他文章，也有一些文字我"看不上了"，就地删掉。保留下来的有些文字还能看出这个系列开始时，我在鲁迅文学院的生活状态，更多文字其实是在这几年新近创作的，以专栏文的方式陆续发表在天津的报刊上。但也并非"旧瓶装新酒"，毕竟这本书一直待字闺中，没有出版。而秘方和口感不变，还是篇幅不超过"五百字"，而且如果不是在路上写的，就是写的在路上的见闻与思考。人在路上和路相遇，是动静的辩证关系；在路上，也是一个屡试不爽的人生比喻，在路上还可以遇到人，并且发生很多事。

我写了不少不同题材的文字，应该是风格不同的散文。这组文字反响还不错，甚至有一些读者和同行说起，好像"五百字"不是字数，而是我发明的专门的一种体裁似的。篇幅短小不是坏事，长了不一定有人看，而只要能说出要说的话，何必在意文章长短呢。

《在茶热的时候喝下去》，是书稿中一篇文章的名字，我用来作为书名，其实也是想说，想做的事情在最合适的时机去做，比如这本书的"热茶"如果再不喝下去，我可能就又"看不上"这些文字了，人生就是一个不断扬弃的过程，不能始乱终弃，也不能过于苛刻而全都抛弃。该认可的时候还是要认可几秒，因为自己就是这个水平了，如果一次也没有认可过，这辈子也就没有机会了。

2023 年 12 月

目录

葱花什么时候放	001
点头之交	003
电梯之交	005
家具的充满感	007
就那么一点点	009
来不及	011
来来往往	013
你是谁	015
起早这件事	017
说拍照	019
为什么要学习	021
想想就开心	023
新与旧	025
一生擦皮鞋	027
拥抱感	029
有生活和热爱生活	031

创口贴和创可贴	033
过客	035
失去的时间夺不回来	037
钥匙该放在哪里	039
总要有一个地方	041
从来没有想过	043
带包的最大问题	045
为什么要吃这个饭	047
下坡路是一种智慧	049
装不认识	051
不喜欢绿灯	053
干脆不分开	055
如梦如烟如厕	057
手机的用途，是不打电话	059
自己放下	061
病也有情调	063
马桶和汽车	065
也可以不幸福	067
在生活中生活	069
丢围巾	071
就是真不行	073
请问您是不是种处长	075
顺序	077
唯有自己不会被丢掉	079

最怕人说	081
本来就没有	083
不一定有备胎	085
当水喝	087
路的那一边	089
消费感	091
剥好的皮皮虾	093
就在某个角落	095
七天长假的隐喻	097
为什么总是迟到	099
在茶热的时候喝下去	101
原味儿最好吃	103
不那么容易开始	105
每天都有故事发生	107
升级留级	109
我知道了是真的看不清	111
筐球的底部	113
无绳跳绳	115
开机与刷机	117
越椭越圆	119
蘸墨	121
把衣物装进柜子需要几步	123
此恨无计可消除，"偷"除外	125
动与不动	127

早晚扔掉	129
车头朝外	131
黑云翻墨，也要洗车	133
再说洗车话题	135
叫醒你的那个孩子	137
科技生活	139
宁可不吃早餐	141
没有人不想回家	143
驱动感	145
去和回	147
一天不说一句话	149
重要的是在路上	151
自己才是自己的	153
闯入的广场舞	155
卖掉游艇	157
一生只见一次	159
减肥鸡蛋	161
问题在哪里	163
开开关关	165
总有一个场所可以用来捉迷藏	167
此门不下客	169
滑雪去	171
交换不是想的那样	173
慢一秒	175

已经不能再排一次	177
中年	179
自己也就过去了	181
喝茶看书，等等吧	183
每个人都是独一无二	185
哪怕无处安放	187
其实你很好	189
让别人先吃	191
躺下与坐下	193
忘了	195
我做一件什么样的好看	197
行百里者半一十	199
与人相处	201
不如卖豆腐	203
减肥和读书	205
你不可以这么多	207
所有的眼泪都是哭自己	209
中午该做些什么	211
最后走的人	213
边户和中户	215
不喝酒的人	217
饭局	219
饭局种种	221
焦虑的手机和手表	223

开还是不开	225
看不出来	227
你希望谁赢	229
确认是好友	231
如果有轮椅就好了	233
说不好和不好说	235
说不清的敬酒	237
寻找最舒服的当下	239
正教授情结	241
总要过气	243
最好别说那么多	245
擦肩而过	247
等不等	249
胡子是悄悄长出来的	251
不仅偷，扔也是不好意思的事	253
躲起来	255
儿子洗澡	257
马老的箱子	259
没说的	261
双气房	263
"用不上"和"过期了"	265
本次列车终点	267
不敢坐到对面	269
不来者不遗憾	271

不如砸掉	273
还没有开始，就结束了	275
明天再约	277
如果遇到一只野狗	279
浴缸、桑拿房及其他	281
从长春西到沈阳北	283
萍水相逢的老朋友	285
解放墙和自己	287
需不需要结尾	289
并不多余的声音	291
催菜哲学	293
一生见不了几面	295
说出来	297
撞衫的可能性	299
所有的车都要停下来	301
三十岁余生不多	303
为什么不拒绝	305
不一样就是不一样	307
也可以没有	309
丢和被偷	311
它们不会说话	313
多与少	315
看你拿起了什么	317
地铁卖场	319

躺久了会想起来 321
早些学会告别 323
不知道就不知道 325
媛媛的猜疑 327
事情是这样的 329
会议的规律 331
吧唧嘴考 333
两个出租车司机 335
不是所有的伤害都来自拒绝 337
即将参加会考的东北男生 339
一个没有参加会考的东北女孩 341
我给你煮一个吧 343

跋 345

葱花什么时候放

那年的一个早上,我到一个熟悉的摊位去摊煎饼馃子作为早餐。

天津人说煎饼馃子都是论套,说"一套"而不是说一个,论"个"或者其他量词的,那不是天津本地人。也不能说"买"煎饼馃子,都说"摊一套","摊"先是作为"摊位"含义的名词,又是个表示特定动作的动词,虽然摊的动作不是顾客自己完成而是摊主完成的。摊也有买的意思,谁要是说去"买"煎饼馃子,那也不是天津人,必须用"摊"。

切入正题吧,摊主是个老奶奶,我是她的老顾客。

这天在我之前有一个摩登女郎,也来摊煎饼馃子,我略微后退一步让女郎先摊,因为我是老奶奶的熟客,所以我这样做有照顾老奶奶生意的意思。因为如果我在先,也许女郎等不及了就会去买其他的食品吃了,而我知道自己肯定是不会走掉的。

就听女郎特意说了一句,先放葱花。老奶奶动作熟练,嘴里答应着"好嘞",却忘记了先放葱花的事,等到煎饼摊好,往里放馃子的时候,老奶奶忽然想起来放葱花的事,急急将生葱花撒在煎饼上,就听女郎又说了一句,后放葱花,葱花还是生的,不熟就不好吃了。说着从老奶奶的手里接过已经装进纸袋里的热腾腾的煎饼馃子，走了。

老奶奶因为跟我熟悉，所以生气地跟我说了一句，看看，多刺儿！

我当时并没有说话，这么多年过去想起这个场景，想为摩登女郎辩护一句，葱花本来早就该放，是老奶奶忘了，并且，女郎是个好顾客，第一有言在先，第二并没有怨言，她所说的话不是"刺儿"，实在是个合理化建议。

点头之交

人和人之间的交情，有很多类型，隆重些的，比如八拜之交、生死之交；相对简洁一些的呢，比如点头之交。

点头之交其实很好，看来这种交情比较经济，肯定不是很深的交情，但是彼此轻松，因为双方实在都不需要付出太多，不用钱，不用时间。不见面就算了，就算见了面，就是相互点点头嘛，再赠送一个微笑足够了。这样的看起来浅到没有的交情其实很好，至少比酒肉之交好太多了。

交朋友这件事，获得感有很多，比如单纯就是喜欢，志趣相投，就是愿意跟张三或者李四在一起。还有"多个朋友多条路"的功利一点儿的准备，但这本来也无可厚非。而交朋友也是有成本的。要付出时间，朋友之间如果谈得来，拿出再多的时间也愿意；谈不来，在一起的时间就是一种煎熬。还要花钱，交朋好友，当然要花钱，大家在一起，不管是喝酒还是喝茶，或者买一张电影票，总要花钱吧。其实除此之外，还要付出身体。酒肉之交就需要付出身体健康的代价，不仅拼酒伤身体，吹牛还伤灵魂呢！一顿酒，一通吹，一场醉，没意思。

点头之交成本很低，没有付出，连话都不用说。不用工具和玩具，有头就行，头，当然人人都有呀！所费的事就是把头点一下。

如果朋友之间就是点个头，那叫啥交情呀！点头 Yes 摇头 No，点头表示一种认可，在芸芸众生之中，有多少人能认识、认可你呢？在大庭广众之下，朋友低下高贵的头颅向你致意，这是看得起你。换个角度说，你会轻易地向别人低头吗？所以，还是珍惜吧。

电梯之交

原先并没有"电梯之交"这个词汇,这是我根据"点头之交"创造的"仿词"。

很多大公司企业有自己独立的办公楼,公司的每个部门都不算小,能把本部门的人都认全了就可以了,其他部门的人交集不多,也就谈不上熟悉。还有很多写字楼,每个楼层有一个或者几个公司,一座大楼里,公司很多,很多人在大楼里相见,觉得很面熟,也未必能对得上号:刚才说话的这个人,是哪家公司的?

不管是企业的独栋办公楼还是写字楼,都是要乘坐电梯上下的,哪怕住高层的邻居也是这样,在电梯上经常遇到,也可能会攀谈几句话,也可能虽然不说话,也会点头微笑打招呼。这样的情况就可以叫做"电梯之交",这难道不是一种交情吗?虽然并不熟悉,也有可能有交情,在也许会长达几年甚至更长的时间里,经常在电梯里"打头碰脸",也许略有了解,看,这个人是八楼的老总;看,这个美女是七楼的老板娘……也许根本就没有机会了解和认识。

"电梯之交",如果交流,对话也都太短促了,因为也长不了。高层还好一些,有时候电梯一层一停之际,对话者之一就要下电梯了。只能短,要么说些哲思短语,要么就要且听下回分解。当然了,下回分解也不要紧,因为双方也都没有太重要的事。如果上升到有重要的事,那完全可以约时间见面再说,双方的电梯之交也就结束了,关系正式升级。所以电梯之交的交流一般还停留在讨论天气,或者发型、衣服好看的这个层面。

别急,很快又电梯见了,电梯和人生一样,上上下下的感觉。

家具的充满感

一间空旷的屋子,如果有一桌一凳一床,那就可以算作一个家了。

有凳子可以坐下来,有床可以躺下来,有桌子可以伏在上面读书写字,可以用来吃饭,上面还能摆一束有生气的花。在这里,简单的生活就可以开始了。

空旷的屋子,其实在视觉上并不显得大,而是显得小,装满了一屋子的家具,好像屋子会看起来小了,实际上正相反,显得大。所以,售楼中心的样板间都要装修好并且摆好家具,很多看房子的人看着漂亮的装修和一屋子的家具,已经在悄悄把这里想成自己的家。

有个小故事是说老师考问学生如何将一个屋子装满,第一个学生搬来了很多东西,才将屋子装满;第二个学生在夜晚点燃了一支蜡烛,于是就将屋子用光明装满了。老师判第二个学生胜出,这样判定也许会教会孩子投机取巧。其实未必要严丝合缝地把屋子装满,家具放在屋子里,平面和立体空间,总还是要留出空白来,但也显得很充实了。用蜡烛装满太矫情,用大箱子从地码到天,屋子就成了仓库,太满了。

一间房子空荡荡的，渐渐被各种家具和记忆装满，家具和屋子一起来承载人们的感情，家具和人一起长大、变老，屋子记录一个家庭的故事，满满的爱。有一天人可能会搬家，把家具都搬走了，才发现了桌子下面遗落的照片和信件、孩子的作业本和成人的述职报告，想起很多往事。

　　别说有人才有家，虽然如此，但是没有家具也不算是家，那只是房子而已。满满的家具在房间里，人可以随时回来住的。

就那么一点点

很多人都在探寻所谓的成功之路，也得到了真理和秘诀其实就是坚持到底，但是往往坚持不下来。大部分人没有坚持下来，所以就没有成功，简单不简单？其实就是这么简单，能懂但是做不到，所以大多数人混在芸芸众生之中。世界那么大，理想那么多，坚持做哪一件事情，选择哪种选择好呢，对于很多人来说，这一选就是一生，连坚持的时间都没有。

怎样才能坚持呢？选择好一件事，如果坚持不了那么大的目标，那就要那么一点点吧。

就那么一点点，每天坚持一点点。坚持的力量是可怕的，每天只写五百个字，一年下来也能出一本散文集；一天学习十分钟英语，一年下来就可以有至少能凑合用的口语能力了。如果不能记下来十个单词，就去记住一个；如果没有时间去写皇皇巨著，那就写得短些，再短些，短总比没有强一些。

其实，除了所谓的成功学，就那么一点点。这也是一种道德精神，饭不要多吃，就那么一点点；话不要说多，就那么一点点。有这么一点，就够了。

一点点容易实现，一点点就在手中。我们只需要一点点物质就可以生活得很好,我们需要一点点情怀就可以温暖整个人生。

这一刻,在等车的间隙,我又有了一点点空,就这么一点点,我才好用来写文字,如果时间不是一点点,那我不一定要用来去做些什么"大事"或者"重要"的事了,大块时间仍然属于我,但是一点点时间,反而能凝成文字的结晶。

来不及

忽然想起看到过的一个访谈。说漫画家丁聪先生的一种伤感，他指着自己一屋子的书对来访者说，我原来以为我能读这些书，但是我现在九十多岁了，看来我是没有机会读了。

九十多岁的老者说得很冷静，让读者如我，在多年后想起来，仍然感到震惊，但是，随即，我也就坦然了，我也有一屋子的书，虽然我还没有九十岁，但是我知道我其实也不可能把那些书都看完了。其实，看不完就看不完吧，每个人都只是沧海一粟，就去看能看到的，也只能去看能看到的。

我记得上小学的时候参加过一次夏令营，一车学生将要分别的时候，一位带队老师说，这些孩子们，可能一辈子都不会再相见了。当时我听了很是不解或是不很理解，我想，为什么不能呢？可是现在，三十年过去了，那一车学生确实没有相见过，甚至在那个年代，没有留下纪念册，没有电话号码，没有合影，我已经记不住他们的名字，就算在路上曾经擦肩而过，我怎么可能记得起，这个人，曾经走进过我的童年。

后来，我参加过那么多的学习，我认识了那么多的人，不是每个人都会成为朋友，也不是每个人都会再次走进我的生活，我和很多人，可能一生只有一面之缘。我有他们的联系号码，他们也有我的，我们曾经相互想起，只是此生无缘再见。

想做的事情就抓紧去做，想做就是值得；想见的人就抓紧去见，既然彼此早就相见恨晚，那就不要一晚再晚。

但是也别太贪心了，就拣主要的吧。

来来往往

这个时节，天津已经开始供暖了。起了几次大风，风声那种浩荡和呜咽，甚至让人认为就是冬天了。但我仍然要起来，到北京去。

叶子还没有飘零，有的树木还呈现一片绿色的样子，有的树木金黄金黄的，尽管也有的叶子是红透了飘落了，但是就像一个中年人，虽然谢顶了，但看起来还是蛮精神。

早晨微微寒冷。比秋风冷但是不如水冷，介于秋风和水之间，大致上和夜晚差不多。我在晨光中外出，也在夜色里返回。我在晨与夜之间来往，我在京津之间来往，我在梦想和现实中来往，我在文学和法学中间来往。

我是一个季候的体验者，并且愿意分享我的皮肤和鼻子的感受。

我一般在早上的四点半起床，那时候世界还很寂静，黎明还没有啼哭。我经过几种不同的交通工具来到北京的早晨的时候，广场舞才刚开始，灿烂的朝霞和金色的北京，生活很美好。

我不是必须每天都要做一个这样的京津往返，但是如果可能，我还是要回来，我的行走让我感知世界和生命的存在，我在夜晚从北京转几趟车回到天津，如果儿子还没有睡着，他会知道爸爸回家来了，爸爸很爱他。

而我一点儿也没有嫌弃耽误时间，时间属于我自己，我站着或者坐着，时间都在我这里，时间其实就是我自己。

我在路上用手机写作，在哪里还不是读书思考，坐下来，站起来和在路上，我思我在，哪里都一样。北京和天津的距离简直微不足道，在深秋里我走着，因为出汗了，我的温度略高于这个世界。

你是谁

那一天，我看到同桌的一位成功人士在酒桌上做了很长的自我介绍，然后他还递上了一张印满头衔的名片。

坐在那里聆听的是一位长者，看起来饱经世事。他问：你是谁？

自我介绍者又说了一大串他的头衔，他说的时候自信满满，但是长者这次摇头了，他又问了一遍，我问你是谁？

这是个很古老的问题了，你是谁？

如果你迷失了自我，你就不知道自己是谁。那一长串的头衔只是这位成功人士的社会职务，他本身是干什么的呢，他自己反倒没那么在意。

在长者的质疑下，成功人士坐下了，他想了好久，才说，我是一位画家，继而他才说出了自己的名字。

对呀，如果你是一位律师，那你就应该去承办案件，宣传法治；如果你是一位教师，你就应该教书育人；你是画家，你应该画出自己满意别人认可的作品。

长者说着笑了，长者是一位洞悉一切的老将军。画家坐下了，我却站起来，给老将军敬酒。

画家先生怎么想，我不知道，老将军还提到了律师，我也没有问是不是说的是我，我觉得我也没有必要去问。但我也告诫自己，不用再说多么的头衔了，我是一位律师。

人在忙碌的工作中常常忘了初心，为了得到别人和社会的认可，常常用一堆头衔来表达自己。如果你在自己的本职工作中做出了突出的成绩，别人自然就会记住了你，何必在意那些头衔。

甚至，你能活得有点儿意思，别人也能记住你。

甚至，你是不是被别人记住，也没有那么重要，你就好好活。

起早这件事

起早这件事是很难的。

有多难呢？难到早起十分钟都不行。什么，十分钟？在冬天的温烫被窝里，磨蹭上一秒，也是一种享受，十分钟那太漫长了，长到可以做一到两个梦。

最大的问题是，起那么早干什么呢？更多人搞不清这一点，所以更要继续睡觉。当然也有很多人知道早起的用途，就把早起赋予了太多的负累，健身、学外语、列工作计划，或者务虚些的也有，比如就是纯粹的早起，这叫做超越自我。

不知道早起有什么用的人，浑然不知中国人的故事是王健林的时间表，他早上四点就起床了。美国人的故事更具体，是一个疑问句，你们见过早上四点的洛杉矶吗？只是这句话起先是乔丹说的，后来是科比说的，总之都是篮球明星。

而知情者常有这样的感叹，不用那么多，哪怕像开头所说早起十分钟，就可以逃过早高峰，就可以给孩子做一份早餐，就可以把眼眉画得更漂亮一些，至少保证扣子不会扣错，就可以有一次从容不迫的排泄。早起的功课，罗列起来，真真如同一次战争！

但是起不来呀。过去有一个年轻人，曾经有过这样的经历，在那个冬日夜晚，他担心空气里是不是有煤气的味道，他做了很多不好的设想，但是他还是没有起来查看，他想，还是睡吧，就又接着继续睡觉了。当然多交代一句，他后来还是安然无恙。否则他不会还能在今天讨论早起的话题。

我听人家说，其实没有那么难，就是人老了就不贪睡了，醒了就能起。

所以我也不知道我现在早起，是因为我还有梦想呢，还是就是老了。

说拍照

很多人喜欢拍照。先是照相馆时代，后来少数人有了相机，没有相机的就只好去找别人借。到了都有相机的时候，拍照片也仍然是个麻烦事，胶卷时代，胶卷经常曝光，很多感情浪费了，而且胶卷是要买的，要节省着点儿。后来到了卡片机时代，好像就好多了。

但问题还是很大，卡片机不是随身携带的，想拍照片了，现回家去取，也还是不方便。终于到了手机拍照的时代，手机就像军人手里的枪，一刻不能离身。随时能拍照，可还是有问题，直到有了微信这样的社交传输工具。倒退几年，如果请别人给拍了照片，要让对方把照片导到电脑里再发到邮箱，如果说了一次人家忘了，再说就显得很不好意思了。现在可以直接发过来，或者放在微信群这样的公共平台自取，大家都不尴尬。

但是问题仍然不小，比如在热闹的景区，在一个名人出现的时候，大家都想合影。挤到前面去求合影，在众目睽睽之下，有的人很不好意思，有的人就能不顾脸面往前闯。有的人注意给别人拍照，拍得不好再重拍，不厌其烦。有的人只顾自己，全然不顾别人在排队，只顾红着脸甚至脸都不要的自恋。

所以拍照的小飞机就出现了，只是目前还不是很普及，自拍的效果也还有待于突破。

将来可能拍照的无人机会普及，想拍照就把自己的飞机放出来自己拍，不求人。不用不好意思了，也别那么脸皮厚。当然，科技会发展，未来不可预测，人品的问题，是个永恒的问题，不用预测，该怎么样，自在人心。

为什么要学习

我忽然想起了一个叫做小刚的同学，有一次他喝醉了酒，或者也许他根本没有喝多，但是他用哭泣的声音高昂地对我怒吼：你说我是事业单位职工，我月收入好几千，我为什么要奋斗！我当时感到很委屈：你奋斗或者不奋斗，跟你是不是一个事业单位的职工有关系吗？如果有关系，至少跟我没有关系呀！我没有把你怎么样啊！

我是后来才体会到了他在酒精的作用下的对于人生的自满，这种自满给他带来了很大的荣誉和安全感。

今天晚上我想起了小刚让我感到很意外，我为什么会想起了他，可能是因为今晚我见到了很多人，都是清华大学校友会来津学习的成年人。我作为天津代表之一和他们见面，其中一位女士，今年已经有五十岁了，是清华经管学院首期的高级工商管理硕士，她有很大的企业和圆满的人生。她在致辞中说，她目前在清华大学法学院读博士，因为我是律师的缘故，我们聊得很好，谈起好几位清华法学院的专家。

很多所谓成功人士都是如此，他们飞来飞去，除了工作主要时间是用来学习，持续不断地学习。他们为什么还要学习呢，我问了其中的两位,他们的答案几乎是相同的,他们的持续学习,让他们看到了更大的世界和更好的可能。

  吃饭的地点是在天津的津塔,在这上百米的高空,美丽的海河夜晚光波尽收眼底。我就是在那一刻想到小刚的,我心头一沉,因为我知道小刚从来没有到过这么高的楼。

想想就开心

开一家店，可能是每个人小时候的理想。

最初的理想仅仅是开一家小卖部，这样去买橡皮或者糖果，就太方便了——那不能叫买了，叫拿，明目张胆地拿，是自己的店呀。

孩子们长大，梦想有了分叉，女孩子们，想开一间花店，就算没有人送自己花，那自己这朵花也开在花丛里。文艺青年想开咖啡店，茶馆也行，咖啡和茶的苦香弥漫在眼前，还有音乐声。想想就开心呀！

想开书店的就更多了，店里有经典名著，还有音像制品，有流行歌手的光盘和海报，想想就开心呀！

可是没有经济基础，少男少女们"想想就开心"的开店梦想没有办法实现。

到了中年体力有所下降，经济有所盈余，心底的梦想，又都涌出来了。提职、加薪、与人争斗，不如开一家店吧。书店、咖啡店、花店、小酒馆都行，就是别太操心，把自己的人躲进去，要是能把自己的心也躲进去那就更好了。一个人在店里，顾客不要盈门，最好三三两两，没有人也行，最好就是三五知己，就是那些童年玩伴，想想就开心呀！

中年梦回，才发现转山转水，身边喜欢的人，还是那年的那几个，后来认识的那么多人，似乎从来都没有走近过自己。

开一家店，和远走天涯，是一样的梦想。省却俗务，不问世事，饮酒赋诗，想做一些什么就做一些什么。

可是这样的梦想，也都没有实现，日子还会沿着既定轨道前行，所谓梦想的实现靠努力，也靠万一。

就这么过吧。

那些想想就开心的"岁月静好"的小清新梦想，也未必真的适合人生。如果真的适合，那上苍为什么不给我们呢？

新与旧

大家还是都喜欢新的。小青年喜欢新手机和新电脑,刚买来的时候,自己能静静的看很久,拿到手里反复把玩,舍不得把手机膜揭下来,如果被磕碰了一下,也许会影响一天甚至好几天的心情,仍然会用手去摩挲,好像是在抚摸自己的伤口似的。成年人喜欢车,新车的油漆光亮照人,好像能照亮自己成功的人生,用手触碰,那种摩挲感就是新东西的感觉,包含着已经拥有的幸福和对未来生活的期待。新车撞了就更麻烦,焦急的到修理厂重新喷漆,哪怕是脏了,急着去洗车店把车洗干净,好象把天空都擦干净了。直到经历过几次磕碰,就没有那么在意了,终于有一天,新车的漆面不再那么光亮,新手机上沾满了油腻的污垢,新电脑的键盘缝隙里都是烟灰,一个时代就结束了。并不是不能用了,就是旧了,"不喜欢"了。

但很多东西是旧的好,比如古董家具,还有人,大叔为什么在有的时候比小鲜肉值钱,衣不如新而人不如旧。

老家具有什么好呢?是岁月让老家具有价值,岁月是什么,其实就是情感的陈积,仰望和怀想,甚至凭吊,跳跃在旧物上的忧思让人高尚,让物质价值上升,物质和情感,也可能一回事。

新和旧，各有各的好处，新的总会变旧，旧的也曾经新过。但不是所有旧东西都还有价值，旧家具如果是红木的并且有工艺，值钱，旧家具如果只是一般的板材，那就也不行。物质或者人，都需要保值，让自己有温度。

此刻，我在街头，所有崭新的高楼大厦带给我的视觉冲击，其实都逃不过我的旧有的生命体验。

一生擦皮鞋

我今天用一点时间来这里擦皮鞋。

这家小店，外包我的皮鞋擦洗上油，皮鞋包括其他皮具护理，是他们的营业范围。会员制，不用每次付费，我省事，他们通过会员制，也获得稳固的客户群。

擦皮鞋的是一对夫妻，看样子不是天津本地人，聊起来得知，果然不是。我问他们之前是做什么的，他们年纪和我相仿，说以前就是擦皮鞋的，两口子青梅竹马，从十五岁开始结伴擦皮鞋，现在擦了二十多年了。我问他们来天津几年了，说是已经有五年，我想想，我成为他们的会员，也已经有三年了，我的需求量不大，但是已经成为他们稳定忠实的客户。这对夫妻看起来面善，话不多，总是埋头苦干，我喜欢话不多的经营者，我如果还想来，下次自然会再来。我觉得这是个重要启示，如果不喜欢，你说再多的话其实也没有意义。

我问他们还准备在天津做几年，他们说目前已经喜欢上了这个城市，也许会再待五年或者十年，但是老家总还是要回的。

我又多问了一句，回老家就养老享福了吧，他们说，回到老家，还是擦皮鞋，这辈子不会别的，就是擦皮鞋。

守着一家店，守着自己的爱人，守着自己的手艺，守着那些不同颜色和款式的皮鞋，看着那么多的人穿着脏鞋走进来，然后光鲜地走出去，还有比这个对一个劳动者来说更高兴的事情和更大的回报吗？

谁不是这样的手艺人呢，用自己的技艺为别人服务，完成自己的追求，守住自己，认真地做一件事。我在接受服务的时候感慨着，我的技艺是在法庭说话，还有用笔对纸言说，他擦他的，我写我的。

拥抱感

谁说能不需要拥抱关怀，那就不是人，是不食人间烟火的神仙。哭泣的孩子一旦被妈妈拥抱在怀里，哪怕是放在摇篮里轻轻地摇动，在爱的簇拥中，不仅不哭，甚至还会笑出来。

早晨人们穿上衣服，会获得拥抱感。衣服的温暖柔软裹紧身体，哪怕是穿在脚上的袜子，也瞬间让脚趾感受到来自棉织质感的温存。

晚上钻进被窝，尤其是在极其寒冷的冬天，在秋冬转换第一次盖上棉被的日子，被窝拥抱了人，能想起很多忽然就记忆复苏的童年时光，被窝的拥抱是人一生的需要。

还有出门前被母亲或者妻子扎紧的围巾、盖住稀疏头发的帽子，被风削得疼痛的脸上戴上的口罩，冬天骑自行车冻僵的手指套上热烘烘的手套，流血的伤口堵上的棉纱、创可贴，这些物件的拥抱，是人生的精密细节，是神圣记忆不可分割的一部分。

甚至办公室椅子上的棉垫，高一些低一些都不行，要恰巧顶住人的"腰眼"才够舒服，一天的工作要写一万字的文书，全靠棉垫顶住身体带来的拥抱感支撑。

还有更多需要，饥肠辘辘的胃也需要被食物填满的拥抱感。

人的需求，刚说了穿，这里就是吃，所谓的口腹之欲，不光是口舌的滋味需要，肚子也需要。

再多说就是情感的需要了，良言一句三冬暖，关心鼓励的目光，像春天一样，这些也都是拥抱感。

当然，不是所有的拥抱感都是幸福的，比如穿着单鞋踩进雪地，脚指头被拥抱得像受了欺负；喝多了酒胃部胀痛，伴随着满腹的愁绪。拥抱或者被拥抱，幸福或者不幸福，就是人这一生。

有生活和热爱生活

经常听到对一个人的评价是热爱生活,这个评价听起来简直是奇怪,有谁不爱生活吗?不爱生活的人难道爱死亡?

可是,掐指一算,不热爱生活的人,确实有。比如说吧,在假期,当大多数人兴高采烈地要去旅游的时候,有的人表示不去,不去也不是因为他有更重要的事,只是"懒得动"。干什么去呢,那么远!而他们的假期也不是用于听音乐、收拾屋子、亲子活动、读书,什么都没有,那几天假期,他们就是那么随便地就混过来了,什么也没干,他们对什么都无所谓,没兴趣。

他们的房间是乱的,因为懒得收拾;他们早晨也不早起,因为,为什么要难为自己?他们吃饭很随意,胖点瘦点也无所谓,他们从来不去学习,考那些证,读那些书,有什么用呢?

而那些所谓成功的人,或者过得快乐的人,他们一定是热爱生活的人,想把日子过好就能过好,不热爱生活的人,自己的生活也好像与自己无关。

与此相关,在搞创作的人中间,也有一个说法叫做"有生活"。比如一个年过七十的人搞写作,一定会被人认为是有生活的,因为他确实是"生活了"。然而,有志不在年高,无志空活百岁。有的人年纪很大了，他真的就有生活吗？如果他不去思考，如果他不热爱，他就没有生活。日子那么雷同，太阳东起西落，如果不去发现，生活真的没有什么两样。

很多人在自己的身体之内，却在生活之外，社会与他无关，他自己也与自己无关。也许也可以说，他也是爱生活的，因为懒散和无序就是他的生活方式。

创口贴和创可贴

我记得我儿子三四岁的时候，不小心把手指划破了，他大声喊着说，创口贴！创口贴！奶奶也正在找，很快就拿出了一枚创口贴，裹在他手上。当时我想，孩子学说话真是有一个过程，他词汇量还少，他把创可贴说成了创口贴。

因为在那时我的认知里，这种东西应该叫做创可贴，而不是创口贴。

很久以后的一个傍晚，我的手指被一棵芦苇划伤，流出血来。我急忙翻找药箱，在外包装上看到，这种东西真的是叫创口贴，印刷的文字不会有错。我就想起了多年以前的事，孩子当年没有说错，这种东西就是叫创口贴。

再后来，我的一位朋友不小心被刀子割伤，在给朋友包扎伤口时，我又清楚地看到那种东西的包装上，赫然印着的是创可贴。于是我就疑惑了，这东西到底叫什么？

我于是断定，看来这种东西既叫创可贴，又叫创口贴，我和当年的儿子都没有说错。当时也并没有深究，觉得类似的相近词汇非常多，比如过去一种烧开水的工具，有人叫热得快，有人叫热水快，应该是相同的含义。

直到昨天看了一篇文章才知道,创口贴和创可贴,本来不是一种东西。创口贴只是针对受伤的创口起到包扎作用,而创可贴的表面有一些药物,既能起到包扎作用,又能有药物疗效,这是这两种近似的物件儿的区别。

这样说来,好像创可贴比创口贴更有作用似的,今后就买创可贴备用吧。

我想着,还是决定先别着急下结论,也许还会有反转呢!世间事,看来真不简单。

过 客

很多人过几年就会搬一次家。有小房子换大房子改善的,有工作调动原因的,炒房图升值的也有,喜欢不同风格和环境的房子而换的也有。有人先卖了旧的再买新的,也有人买了新的再卖旧的。

卖房子是个伤感的事,居住过的房子已经不仅仅是房子,而是家。房子是发生故事的地方,承载和遗留很多情感,这才是不舍得的原因。

所有的房子都会成为故居、旧居,很可能不止居住过一家人。这家人走了,又换成另外一家人,一座房子可能是很多个家庭的旧居。搬走的人就不知道接下来房子的命运了,新房主也会成为旧房主,几次转手,最新的房主是谁已经不知道了,也不一定再会回去看,时间久了,也就不再留恋。

之于房子,房主也可能都是过客。租房子当房客,买房子也可能是房客。人的一生匆匆忙忙,很可能居住过好几座房子,才终于成为时间的过客。房子也可能还在屹立,也可能被拆掉——最终都会被拆掉、倒塌,沧海桑田,一片居住区可能变成一座新的大厦,也可能变成一湾湖水,过去的事情,全都湮没无痕。

话说有一个卖主遇到一个买主，买主看了房子回去后希望卖主发一些房子内部的照片给家人看。卖主没有时间去拍，在手机里找了半天，没找到自己居住时的照片，却找到了前手房主当年居住时的照片，就随手发给了潜在买主。那还是自己当年买这房子的时候，前手卖主给自己发来的呢，卖主忽然颇不是个滋味。当年买和现在卖的不同心境，就是一段时光的总和。他差点儿就不想卖了。

失去的时间夺不回来

很励志的一句话,把失去的时间夺回来。仔细想想这句话的逻辑是不周延的。失去就是失去了,时间不舍昼夜地流逝,过去就没了,时间又不是一个被对方抢走的篮球,是夺不回来的。

用什么去夺取失去的时间呢?还是得用时间。因为各种原因荒废了光阴,努力做到不再荒废已经很好了,人生的时间总量就是那么多,每天也就是二十四个小时,把今天的二十四小时过好,只是今天的,昨天的没有过好,那就是没有过好。况且如果为了夺回昨天,而把今天也"搭上",就更得不偿失了。还不如忘掉过去,重新开始,过好今天和明天。

可能还有一层含义是提高效率,比如两天能做好的事,一天就把它做好。或者是在后面的时间里取得更大成绩,这样好像就能达到"夺"回时间的期望了,其实夺回的不是时间,而是成绩。

可是,比如练习书法、背英语单词,一定意义上,下多大功夫就有多大收获,一个三天打鱼两天晒网的业余爱好者想超过书法家,那是不可能的,因为人家天天都干这个。如果不服气,可能会说,我也天天干可以吗?那你自己本来的事业还干不干呢,那你岂不是也成了专职写字的人了吗?但遗憾的是,你还是追不上，因为人家已经写了三十年了。效率的概念当然存在，人也有天赋之分，但两天的事一天做，也可能就偷工减料了。

别老是想着夺回，过好当下之外，其实人生有很多无用之事，很多时间就是用来"荒废"的，比如看看湖光山色，自己做点美食，也是人之常情。

钥匙该放在哪里

人出门难免要带钥匙,把钥匙放在哪里,不同的人有不同的处理方法,有人就把钥匙放在衣服口袋里,用起来也比较方便,但显得鼓鼓囊囊的,看起来不是很美观。也有人把一串钥匙用一个链子拴在裤腰带上,直接取用,比放在裤子口袋里还要方便,但看起来就更显得不雅了,这样的打扮要是参加商务场合,一准儿失败,人家会认为来的就是个仓库保管员呢!

也有人不直接把钥匙放在身上,带一个提包或手包,把钥匙放在里面,这样就没有好看或者不好看的评价了,反正钥匙是在包里,不在身上。但问题是,这样不方便呀,想拿钥匙,还要找包再翻找,而很多时候忘带了包,就忘带了钥匙,找不到钥匙是很着急的。经验是,往往需要钥匙的时候,偏偏就没有带着包。其实讨论可以接续下去,有的人出门必须带着包,里面除了钥匙,可以放的东西还有很多,比如药物、水、眼镜,如果哪一天不带包,哪样东西需要用都会让人着急。

钥匙还能放在哪里?要么是让人帮忙拿着,要么就是干脆放手里。哪种方法都有利有弊,其实也跟每个人的职业和环境有很大的关系,没有商务场合的人,把钥匙就挂在腰里又何妨呢?而那些经常出入商务场合的人就算是退休了，他们的钥匙也还是不会挂在腰里，大家都习惯了。

把钥匙放在哪里都行，只要别耽误开锁。就像用刀的侠客，有人会有刀鞘，有人直接拎着大刀，他是不是一个真正的侠客，还是要看他是不是扶危济弱。

总要有一个地方

飞翔的鸟总要有个枝头停靠休息，有个水面能喝点水，才能接着往前飞。漂泊的人也总是会停下来，即使永远在路上，也是出发、归来、再出发……

有不少人的工作方式是"不坐班"，比如业务员、销售人员、律师等专业技术人员，工作时间比较灵活，但他们也是需要一个地方的。且不说他们也要有和自己的客户见面的场所，他们用于工作的物品和办公用品总是需要一个办公室来承载；他们自己的疲惫的身体和灵魂，也需要在自己的办公室里栖息——家充当不了这个地方，只能是办公室。在办完了一件事，接下来要办另外一件事的时候，中间可能有比较长的一个空当，总要有个地方让自己坐下来，而不能在大街上流浪。到茶馆和咖啡厅休息总不是那么回事，一些文件需要处理也需要办公设备，而且常用的东西不在手边，不仅抓瞎，而且内心不踏实，回自己的办公室最好。

当然，也有特殊情况，不少人是天生不需要办公室的，比如作家和画家这样的自由职业者，但他们中有的人会有自己的工作室，其实就是办公室的功能；也有的人就在自己家里的书房工作，很多人出门以后回来，一头扎进书房，只有在那里，他们才能吸氧续命。

怎么活着的人都有，还有不少人生来就是为了梦想而流浪，有的人一生居无定所，不管是悲苦还是欢乐，他们也要活着。

心怀悲悯的人心里装着天下，但子非鱼焉知鱼之乐，那些走天涯的人未必不快乐，而且他们也可能不认为自己没有地方住，他们本来就属于天涯。

从来没有想过

吸烟有害健康，气味儿也不好闻，所以吸烟的人确实是越来越少了。但也不可否认，烟民仍然不少，和酒文化类似，也有"烟文化"的存在。

比如让烟。烟民如果聚在一起，不能光是自己抽，不让人显得小气，而且让烟也是烟民之间的一种交流方式，很多人为了扩大交际而让烟，让烟是拉近人和人之间关系的非常有效的方式。在让烟中很多细节如果掌握不好，也会收到反面的效果。

一个屋子、一张桌子上的人，如果让烟时漏掉了一个人，那很有可能就得罪这个人了。哪怕这个人不会抽烟，也要问一句，或者连问也不用问，直接也递上一支烟。不然他会想，为什么都给，就不给我？人有思想和情感，就会有狭隘和片面的地方，而且这确实也是挺正常的疑问。

过去生活条件不好的时候，也有人给别人让的烟是中华，而自己抽的烟是恒大，无非是为了节省一点儿。拿到中华烟的人，也不忍心抽，效果也不一定就会好。

有一些人，只抽烟，不让烟，在聚会的场合抽烟，悄悄地拿出一支烟，背过身来点上烟，再若无其事地扭转过身来，就不用让人了。更有甚者，抽的都是人家给自己让的烟，而自己从来不"礼尚往来"地让给别人烟，在一个圈子时间长了，就难免会有议论。其实现在谁也不在乎那支烟的烟钱了，但就是看不惯这样的人，而反过来说，如果不是在乎烟钱，那些人为什么只接受而不让烟呢？

当然，也不排除，有不少人从来都是别人让烟给他们，他们从来没有想过也该给别人。

带包的最大问题

有的人出门会带上一个公文包,把重要的和需要用的物品都放在里面,随手用随手拿。

有的人则可以做到不带,把实在必要装的物品放在衣服口袋里就得了。

如果问带包的最大问题是什么,有人会说是带着麻烦,拿着沉,人坐下来之后还要给包也找一个地方放。还有人讨论起来带包的正确姿势,确实有手拎、夹在腋下、单肩背、双肩背等不同的方法和流派区分,各有各的方便和麻烦,自己也要掂量一下自己的身份,学生、商务人士、打工的,都会自觉选用符合自己身份的包。

其实,带包的最大问题是有可能会丢,如果不带就万事大吉了,不仅包不会丢,包里的重要物品更不会丢。

包里的哪件东西都不能丢呀!钥匙、现金、卡、手机,哪个能丢?还有日记本,里面可能有自己的秘密,也不能丢呀。很多人在丢了包之后痛心疾首地想,出发的时候把这些重要的东西放在包里,为的是什么呢?好像就是为了把它丢了,丢了包还不够,还要把所有的物品放在包里一起丢。

按照鸡蛋不能放在一个篮子里的原则，那就带两个包得了，一个放手机，一个放证件，至少不会同时丢吧？但，同时带着两个包出门，那不是更容易顾此失彼吗？不至于同时丢掉，但更容易丢其中的一个，费这一道手，没有什么意义。

防止丢包最大的秘诀是干脆别带，不带就不会丢。这个理论虽然成立，但也荒谬，就像怕风险就别投资，怕出交通事故就别出门似的。但反过来说，也有深刻道理，轻装上阵，别带那么多负累，不是最好的出门方式吗？

为什么要吃这个饭

不是所有的人都能成为朋友。很多朋友交往几次,就渐渐不再联系。

也不是所有的饭局都能成"局"。约了一两次没有约上,再约,彼此都很勉强,觉得不是那个感觉了。一起出差和学习的友人,回来之后都会相约,咱们以后要多聚!回来之后各忙各的,之前的热乎劲儿慢慢就没了,如果再约,手头儿又都有事,心里会对约见有所怀疑,为什么要吃这个饭呢?

怀疑之处在于,见了面之后,说什么呢?而这次见了以后,如果今后的工作生活也可能不会有太多交集,很多人就会想,那还是不要再相见,相忘于江湖。如果相互"有事"还好,如果也没有什么事情要"共",既没有商业合作,也没有共同的志趣和爱好,那还有必要"耽误"这个时间吗?

成年人对朋友的要求也可能是越多越好,多个朋友多条路当然不错,可是,所谓结识新朋友,不忘老朋友,还有那么多老朋友要聚呢,生命里已经真的容不下更多新的朋友了。交新朋友需要付出时间和情感成本,发现自己和年轻时相比,已经没有这么多时间了。老朋友在一起,可以倾诉,可以什么也不说,不用有那么多顾虑,不用有那么多客套,不用担心自己或对方有什么目的,朋友的最大作用不是有用,而恰恰可能是无用,在一起就好了,这是最好的状态了。

如果要问,朋友之间真的要这么功利吗?那可以反问,朋友之间一定要吃饭吗?在并不长的人生里,共处过一段时间,哪怕仅仅是相识过,互相有过一定的帮助,这已经很好了。所以,这饭可以吃,也可以不吃。

下坡路是一种智慧

人们崇尚奋斗,把奋斗的路比喻成"上坡路"。对于上坡路当中遇到的苦难和波折,纷纷进行褒扬,爬坡过坎,精神可贵。

而走"下坡路",不仅是形容人的状态下降,还会把走下坡路说成是贪图舒服、安逸。

且不说,这世界上没有常胜军,哪一人终究都会走下坡路的。虽然这很残酷,但谁也没有办法。所以,下坡路的过程还充满英雄末路的苍凉。

人爬坡,为的是什么?是为了登顶吗?其实不是,人就是为了爬过这个坡,再向前。那也可以说,人上坡不是为了励志,爬坡的总过程是先上坡,后下坡。简单一点说,上坡,就是为了下坡,再换一种说法是,上了坡,也总是要下坡来的。

人的一辈子,总不能永远是在爬坡,总要有停歇,总要有点时间看看路上的风景。费了那么半天上了坡,不就是为了舒服地下坡吗?走下坡路靠着惯性就可以一路欢歌地走下去,这样的人生惬意,不可以有吗?这样的人生惬意,还不是来自之前的半生奋斗吗?

也可能有人会赞美上坡的过程,艰辛和奋斗才是美好。这也没错，但运动产生多巴胺和快感，而"舒服不如倒着"的感受也是真实存在的。人来到这个世界上，应该可以有不同的视角去看世界，选择自己想要的生活。

下坡路也不一定是人生的终点。下了坡，其实是新的一段坦途，这时候惯性仍然有，靠着上下坡的收获，再走新路，比刚刚上路的人，有更多更美的体验。

就算，下坡路已经是终点，也不要害怕，安享晚年，安静而坦然地下坡。

装不认识

常有这样的情况，本来在一个场合遇到的两个人是认识的，但却"装不认识"。

和装不认识类似的情况是"装没看见"。装没看见更好操作一些，懒得打招呼、不好意思打招呼、不太方便打招呼的各种情况下，眼看着认识的人从对面走来，自己眼睛看别处、低头，装没看见，也可以扭头往回走，避开对方的目光，避免了很多尴尬，当然这本身也是很尴尬的。

装不认识就比较难操作了。双方已经坐在一起，借故走开已经不合适了，而且认识的双方可能身负使命，也不能走，就只好坐下来继续。本来双方认识，但半生不熟的，打招呼还要寒暄，尤其是一旦相认，也可能带来不必要的误会，于是干脆装不认识得了。比如在一起案件当中的双方律师，本来至少相互闻名，如果没有各方当事人在场，随便聊聊共同认识的人，聊聊法治现状，都是可以的。但各自的当事人是对立面儿，双方又有点儿"各为其主"的意思，话说深了说浅了的，也多少担心自己的当事人误会，干脆不说比较省事。更深的含义也还会有，是谁先打招呼、谁后打招呼，可能也会彰显出"江湖地位"，想先说话的人也担心先说话会显得太过于主动了，不打招呼也罢，装不认识也好。

也有可能双方并不是半生不熟，而是比较熟，在必要的程序下，也要装不认识，也许熟人是法庭里坐在上方的审判员，不想给他找麻烦而已。

在当下的社会语境里，说一个人"装"，颇有不屑一顾的意味，而"不装"的人难能可贵。但装不认识这样的事，也难免。

不喜欢绿灯

哪个正常的人会不喜欢绿灯呢？谁又会喜欢红灯呢？

真有可能。很多人在开车的时候，也会禁不住偷偷低头看手机，因此出了不少交通事故。开车时不可以看，那等红灯的时候呢？许多人这样想了就豁然开朗，自以为找到了好的办法。在等红灯的时候低头快速阅览，一旦红灯变成绿灯，就觉得这绿灯真不让人喜欢，催命似的！而到下一个路口的时候，如果遇到红灯，就可以接着看刚才没有看完的文章，如果又遇到绿灯，会觉得有点儿让人沮丧，怎么又是绿灯，还让不让人看手机了！

很多人早晨出门的时候还睡眼惺忪，很多人白天出门开车，也无精打采。遇到红灯，闭上眼，眯瞪一会儿也是有可能的，生活太让人疲惫了，休息一会儿也很有必要。红灯并不是阻碍，红灯只是让人停下来！

这样说，好像也阐释了一个道理。适度地停下来，确实没有什么不好。人们常常说，健康亮起了红灯，或者对某种不法行为亮起了红灯，及时制止、悬崖勒马，拿出解决的办法，这其实是一种救赎，不是好事吗？

假想一下吧，就像过于顺利的人生其实才是平淡无奇的，不跌宕起伏一点儿,又有什么意思呢?如果一路绿灯、处处绿灯,河流在哪个湾拐弯儿,生命在哪个关口沉思?一泻千里地跑下去,岂不反而没有了尽头,没有头儿的日子其实也并不好过。在某一个时空点,能停下来,才是一种智慧和收获,看似路到了尽头,其实会有柳暗花明的时候,看似停了下来,其实是为了重新出发。

看来呀,不喜欢绿灯的人,还真有一点儿道理呢。

干脆不分开

我一起打乒乓球的一位球友，是一个建筑商。他家的面积有四千多平方米。一儿一女，都出国留学去了。空荡荡的日子和房子里面，就是他们夫妻两个，有小时工来帮助他们做卫生，每次都要好多个小时才能完成。比起普通人家来说，他家的面积要大四十多倍。这位友人低调和气，有一次他还开玩笑说，过去的那些员外郎、富户，都有丫鬟、婆子，有长工和小童，住房常常是几十亩的花园，这样比起来，他所住的房子并不算大。

他的苦恼是和老伴儿相互找不到，因为房间太多，一会儿相互看不到，就找不到对方了。所以常常要在自己家里喊，喂，你在哪儿，你在不在，你在几楼？有时候听不到对方的回答而只有自己声音的回声。还有时候他们相互看见了，但是说话对方听不见，于是要大声地喊着说，或者干脆不喊了，还是让对方走到跟前来再说话吧！

我的一位同事最近也喜迁新居，也是两口人，住两百多平方米，已经就不算小了。当我跟他说起两口人住四千平方米的故事的时候，我这位同事说，呀，真是贫穷限制了我们的想象力呀，住在两百多平方米的房子里，已经觉得不小了，四千平方米，那要怎么住呀!

　　临了,这位同事还诚实地跟我讲,就算这两百多平方米,我们也一样常找不到对方呢,在家里最常说的一句话也是,你在哪儿?

　　我也多问了一句,那么你们怎么解决这个问题呢?

　　嗨,他说,我们两口子就干什么都一起行动,干脆不分开,就一定能找到。

如梦如烟如厕

机关大楼或者写字楼，同性别的人如厕之后，一边洗手，一边聊聊，说什么都行，话题一般短，说完就走。现在的卫生间，设置隔档，有独立性，如厕时把自己的门关上。而倒退多年的厕所或者茅房，大家并排蹲在一起聊，人没有什么隐私的概念，在厕所里共同露出白屁股，多么难为情，回忆如梦如烟。

现在的卫生间使用起来，也有现在的故事。机关大楼和写字楼里上卫生间的人，绝大多数是认识的人。新时代也有新的隐私问题。在如厕时能听见隔壁围挡的门打开了，这时一般会屏住呼吸，不说话，快速解决问题，走为上策。隔着围挡搭话聊天的太少了，隔壁，我猜你是王科长，好几天没有看见了？哦，马处长呀，一听就是你的声音。没有这样的！

但是这个过程中，隔壁的人虽然都怀着同样的心理状态，但也难免其中哪一位的电话铃声响起，这时大多数人会选择暂时不接电话，要不然不仅影响如厕质量，而且自己隔壁都能听见自己说话的全部内容。其实说的话也没有什么背人的内容，但坐在马桶上说的话，可能是气喘吁吁的，也总是不想让人听见。

也有的时候隔壁的两个人同时从围挡间出来，呀，是你呀。

好像有点儿尴尬似的。也有的时候在自己的围挡里判断隔壁的人是谁，不想见面，盼着对方先出去，等了一个小时，腿都坐累了，隔壁怎么还不走？终于忍耐不下去了，起身时见还没有动静，去打开隔壁门看看，里面的人早就走了，想，他是该咋样小心翼翼地提起裤子走的。

手机的用途，是不打电话

那时候，能拥有一部手机曾经是多少人的梦想呀。手机从像砖头式的"大哥大"，到现在的智能手机，花样翻新，功能不断提升，把过去人们常用的商务通、计算器、闹钟、录音笔、照相机等多种用品都集合取代了。从短信到微信，手机的社交和传输功能也越来越强大，别说同城，就是在全球各地，只要相互有手机，有网络，就能视频通话。这在过去是不可想象的。

功能这么多，多到手机都换新的了，很多功能也没有用过。但手机是忘了初心的东西，手机的全名是手提电话，但现在人们几乎不再用手机打电话了。朋友之间联系用微信的更多，或者发文字，或者用语音。很多人甚至觉得打电话是件不礼貌的事，因为不知道电话铃声会不会吵到对方，而大家也都不愿意接电话，很多人说接电话时特别恐惧，是社交恐惧症的一种。如果对方发来的是微信，还可以先看看，有个缓冲的过程，如果直接接到电话，对方要说什么？这也太紧张了。另外，人们的生活节奏也快了，打电话开始和结束时要寒暄，太啰嗦了。有时鼓起勇气接到的陌生电话，一般都是小额贷款、教育机构、房屋中介的人打来的。

新朋友相见，也不用留对方电话号码了，因为加微信就可以了。但手机号码还是有用的，比如一个重要用处是寄快递时要留一个电话号码，以方便快递小哥来联系递送对象。短信也基本上没有人发了，但短信的作用还是有的，就是接收各种验证码。手机的用途，越来越多，但已经不是打电话了，这是个重要发现。

自己放下

在昨天的酒桌上，当我把酒杯端起来的时候，我发现另外的人，大多数没有喝酒。

但是我已经不好再把端起来的酒杯放下了。

现在喝酒的人都少了。喝了酒会误事，评书里的很多细节都是这样讲，现实中也确实如此。酒的魔力实在是大，知道它会误事，为什么还要喝？

我已经有大半年不喝酒，可惜昨天还是端起了酒杯。路上已经盘算好，这酒今天就喝一次吧，因为都是好久不见的老朋友了，如果不喝太不够朋友了。

但是昨天并没有出现我想象的那种热闹场面，基本没有人劝酒，大家都自便。席间有人对我劝酒，也是因为我端杯喝了酒，如果不是我自己端杯，我就完全可以逃避掉这场酒。通过酒表达感情，也要大家都一起喝才可以，如果一大群人在座，喝酒的人只是三三两两，喝酒的仪式感大为减弱，也就没有什么意思了。

酒确实具备很多功能，好像一旦一起拼酒了，就是好朋友，如果不拼，就是友情不到，相互存有戒心。酒桌上的乱象，想想真是儿戏一般，喝酒便于表达情感，可能是酒精能麻醉人，让人敢于彼此亲近，敢于三杯酒下肚就搂脖子，拍肩膀，甚至亲一口。平时说不出口的、比较难为情的话，喝了酒就敢于说出来。

我不知道为什么昨天晚上大家都不怎么喝酒，原因很多，跟大家现在都注意养生有关，跟人们日益理智冷静有关，不要喝那么多酒啦，想说什么就说，说不出来，一定是可以不说。

而如果酒杯是自己端起的，那就自己放下。

病也有情调

人一旦病了，就算是感冒发烧这类，除了躺着，其实就没有什么其他欲望了，因为这时候人的头是热的，脚是软的，如果吃了退烧药呢，一般还会犯困，甚至在柔软的床上睡着了。整个人都沉浸在病的那种情调里，也难免自怜自爱。

病也是有情调的，这个时候工作不得不暂时放在一边，也顾不了那么多了。

病了就会感到家人的重要了，不会再嫌弃妈妈和妻子烦，任是谁，也是渴望家的温暖。工作繁忙时，早出晚归的人只顾着讨生活，家很可能就是个睡觉的地方，家人各忙各的，也顾不上彼此说话。而在家中病休的人，终于有时间能认真看看自己的家，能和家人互相陪伴。据说很多小孩子生病了之后在内心里渴望能晚几天康复，因为，被重视的感觉实在太美好了，因为病而带来的优待太美好了。就算妈妈在此刻更严肃地告诫要按时服药，小孩子也能体会到温情的呵斥是美丽的，作业可以不写了，整天板起面孔的爸爸也能说几句温存的话了，如果他高兴，还可以再像自己小时候那样给讲故事。

在病的情调中，人们当然也会想很多。遥远的往事，多年不曾想起的人，生命里其实需要这些，能想起来的，就一定都是重要的。在病中，人们能看到自己的脆弱，白日里硬撑着的那些梦想，很多意义不大，躺着已经是最舒服的事了。

生活马上会恢复原来的模式，人的雄心壮志也还会重来。家还可能变成只是睡觉的地方，家人的温存又显得唠叨了，不是因为别的，其实就是因为病好了。

马桶和汽车

过去人们住平房的多，城市危陋平房被大规模拆掉的那些年，人们纷纷迁到楼房居住。住上楼房的人欢欣鼓舞，起初大家都是比较在意宽敞的卧室和客厅的起居功能，后来人们渐渐觉得，最大的改善在于楼房用上了抽水马桶，因为比较起来过去的公共厕所，抽水马桶太方便了，顶着烈日或者雨水去旱厕的日子，真的不堪回首。

一个邻居曾经公开谈过他的一个瞬间的细微感受。他有一天看着自己家里的抽水马桶，看了很久，他按下马桶的冲水开关，看着并听着水冲下去又升起来，水和马桶都是洁白的，屋子也洁白。这位大哥拿了一个小马扎坐在那里看着马桶，至少有半个小时。他说，抽水马桶这东西真是太好了，上公厕没有尊严，人排泄的事，关起门来独立完成，这是一种生活方式。那个邻居那时说，马桶比汽车还重要！马桶每天坐，汽车不一定要坐。

当然，很快，他也拥有了自己的汽车，那时很多人也都先后买了汽车，才知道马桶重要，汽车也是很重要的，人们的物质文化追求，是一点点儿逐步提高的。汽车刚开始普及的时候，有车的人是很拉风的事，不管是奔驰起来的自我感觉，还是遇到别人时的神气，都让人陶醉。

那位说马桶比汽车重要的邻居，说起拥有汽车的初体验，是车里的皮具味道。他诚实地告诉我，买了自己的第一辆汽车之后，有一个晚上是住在车上的，他喜欢那种弥漫在车里的气味。

在那个万籁俱寂的晚上，他还做了一件坏事，他悄悄地按了一下汽车的喇叭，声音传得很远。

也可以不幸福

关于幸福的话题,曾经有一个媒体拦住路人采访,你幸福吗?回答我姓曾。问的脑残,答的先锋,很久没有看到这么机智的电视节目了。在那期节目里,同样的问题还问过一个市场里的小摊贩,女性,问什么是幸福,她回答说幸福就是陪孩子写作业。我看了以后,险些流下泪水来,我也追求幸福这么多年了,幸福就是陪孩子写作业,我怎么就没想到呢?

在这个世界上,有没有人可以不幸福?

答案是有。真的有人生活不是为了幸福,而是为了成功。

如果也对这样的人发问,你如果成功了,是为了幸福吗?

他们的回答可能是不一定。他们的追求真的只是成功,只要能成功,也可以不幸福。成功就是成功,他们最多是对成功带来的幸福不拒绝。

陪孩子写作业可以是一种幸福,那追求成功,也可以是一种幸福观。为了成功,可以不要世俗意义的幸福,既然陪孩子写作业可以是幸福,那成功当然也可以是。

可是,什么是成功呢?成名成家,升官发财,这是很多人的成功追求,每天能陪孩子写作业,掌握人生自由,也是成功标准的一种，看来其实幸福和成功的连接点可以有很多种。在每个人的眼中都有自己认为的幸福和成功。

有人认为，为了成功可以不要幸福的人，是荒唐的人、冷血的人，甚至指责他们不懂生活，不是人，至少是不食人间烟火的。这恐怕也不对，每个人追求不同，活法儿不同。苦行僧苦中作乐，少数哲人和诗人觉得伤心和流浪才是幸福，那又该怎么评价呢？

所以说，也可以不幸福。

在生活中生活

英文单词 life，就是活着的意思。中文里面的"生活"对应的也是 life。生活是什么，生活首先是活着。

生活，这个具有丰富含义的词汇，除了活着之外，还有很多含义。生活有可能是和工作对立的词汇，很多人把工作和生活分得很清楚，也认为只有在放下工作之后才是生活。所以才会有"业余生活""课外生活"等不同的词汇。也有人认为工作也是生活的一部分，也有人是"把喝咖啡的时间都用在工作上"。生活和工作其实是分不开的。

生活比较起活着来，好像是更有追求、更体面、更有质量。人们会认为，活着，那吃馒头就可以了，而生活呢，起码要再炒个菜，弄壶酒。如果能在一个有情调的房间里听着音乐，那就更是在"生活"了。

很多人为了"生活"，读书必须要在月夜、草坪，必须有茶、酒，为了读书先要开车几十公里去找个景色好的地方。其实读书在哪里都可以，生活在哪里都可以开始。生活是不以人的意志为转移的，分分秒秒不会停下来。而还有一种说法是"体验生活"，尤其是在从事创作和表演的人中间，经常要去体验生活，比如要书写山乡生活的作品,要到山里和山里人一起生活一段时间。这当然是一个好办法。如果是专题的创作项目,这是必要的,可是很多人认为自己"没有生活"所以要去体验,这就有问题了。

  人必须在生活中生活,而不能跳出自己的生活专门找一个地方去"体验生活"。那其实是用自己的时间,去体验别人的生活。活着就是生活,本身就是最好的体验,还要怎样去体验呢?

丢围巾

我早晨出门是不是戴了围巾?手边一时没有看到,我疑心我的围巾是不是丢了。

但我来不及细想,我就又投入到工作中去了。此刻,当我终于能停了下来,夕阳的光掉落在我的茶碗里,我又开始想,我的围巾在哪里了,是不是丢了?

如果用一个成语来形容我丢围巾这件事,比如"司空见惯"这个词准确吗?我是想说,我常常丢围巾,一般来说,每年冬天,会丢掉一到两条,这个速度,是不是可以说"令人发指"呢?

但是你们不要以为我已经是一个"惯丢"(不是惯犯)我就习以为常了。每丢掉一条围巾,我都简直失魂落魄,心头满满是苦涩。第一,我不明白我为什么就不能小心一些,对自己很是失望。第二,每一条围巾都是缠绕在我的脖子上的温暖,那种缱绻的感觉就是我对人生的爱恋,我怎么可能喜欢把它丢掉呢。再有,我会想,哪怕我再拥有一千条围巾,那加上丢掉的那一条,我就有一千零一条了。

每次丢掉围巾之后我就会想那些细节,比如我是在哪里摘下了围巾,又在哪里围上的,我捎带着能想很多事情,思考是最劳累的，想着，就慢慢不再想那些细节，而开始更多的人生追问。

　　当然，也有很多时候我很高兴于我的围巾并没有真的丢了，失而复得的感觉真好。而并没有真的丢掉，这种幸福感高于重新获得。比如今天，我的围巾其实是被我装进了包里，它很好。而我那些丢掉的围巾，我闭上眼睛，就能想起它们的颜色和样子，能想起很多人和很多个冬天。

就是真不行

听过很多对艺术家、学问家的评价。很多人已经名满天下，至少一生苦求，在自己的领域里似乎做得很好了，但是社会的综合评价，仍是众说纷纭。

有的大画家的画，在市场上拍卖能达到好几个亿，而且行业内外有很多人都认可，但是相反的评价却不是某一个方面的欠缺，而是说他"基本不会画画"。在相声表演领域，也有已经被誉为大师的人被评价为"基本不会说相声"，大演员"不会演戏"，大诗人"不会写诗"，大律师"不会办案子"。这些"基本不会"的人，一般来说都不是各自行业内的小人物，如果是小人物，说他们基本不会或者就是不会，也引不起争论和思考。

为什么誉满天下的同时，也同时会谤满天下，一半是火焰，一半就是海水呢？

一个"谤"字，好像能解释问题所在，有的人因为才华太过出众，所以才遭到无中生有的诽谤，遭到别人故意的打击，所谓"不遭人妒是庸才"。有的人有才本来就会遭到嫉妒，同时好像所谓有才的人都会恃才自得，才更得罪人，或者只做专业不懂人情世故，所以遭人嫉恨。

也很可能，才华大到一定程度，大家理解不了，看不懂，只有小众认可，所以没有得到应有的评价。

不要不被认可，就认为是遭到了不公平的待遇。别一味坚持，也别着急改变，得到公认不仅太难了，而且可能很可怕。尤其是对搞艺术的人来说，所有人都说好，那要多么没特点！

当然了，为什么评价不高？不是别人妒忌，不是别人看不懂，也许就是真不行。

请问您是不是种处长

请问您是不是税务局的种处长？

这是我早上接到的一个电话，我反问，您是说哪个"种"，是种子的"种"吗？

对，对呀，种子的"种"！

哦，你打错了，我有点儿歉意地说。因为我毕竟明知道他打错了，还是多问了一句。

对不起，电话那边的小伙子态度倒是很诚恳，他接着说，那您是检察院的马处长吗？

抱歉，我也不是马处长，您打错了。

我们又互相致歉之后，才把电话放下。

这个小伙子一定是在做电话通知，不知道怎么打到我这里来了。

这样的对多人的通知看起来是件小事，其实并不容易。遇到不认识的字，应该去查查字典。种子的种，在姓氏里应该念"虫"，这个姓氏人不多，字也很简单，容易想当然地读错，如果字比较怪异，也许反而不会读错了。

下午参加一个活动，主持人说，让我们欢迎刘强先生，站起来的却是一位女士，主持人和刘强女士都显得比较尴尬。很多名单上在女士的名字后面加一个括号,标上"女",甚至在妇联界别的名单里,所有人都是女士,后面也全部要标注上是"女",在法院的离婚判决书上,妻子一方,肯定是女的,性别也要标注上是"女"。这是规矩,该有的规矩还是要讲究的。

刘强女士比我要宽容得多,她对主持人报以微笑。但是主持人似乎没有原谅自己,他后面接连出了好几个错,也许是因为前面出了错而影响了自信。

把种念成种子的种,把刘强一定当成先生,其实这都是提前没有做好功课,犯了想当然的错误。

顺　序

我身边很多人谈过肥胖和吸烟之间的关系。

有好多吸烟的朋友跟我讲过他们戒烟的痛苦经历和后果。戒烟的痛苦自不必说，后果是烟虽然戒掉了，但是身体迅速发胖，好几个人说能胖了五十斤以上。这里面有什么科学上的原因我不知道，但我实际看到了其中几位，真的是在戒烟以后胖得不像样子，前后判若两人。

很多人是反其道而行之。据说有很多女士是用吸烟的方式来减肥的。戒烟增肥，这事我知道，吸烟减肥，这我就不知道有没有效果了。戒烟，是改变一种不好的生活方式，可能因为改变秩序，造成体内的紊乱，人于是胖了。主动用吸烟的方式去让自己减肥，是香烟能抑制肥肉的增长吗？也许是吧。

戒烟，当然是件好事，但是发胖是戒烟的副作用，也许发胖的危害要远远大于吸烟，因而进行痛苦的戒烟导致发胖有可能是得不偿失的。很多老烟民说，抽烟虽然有害健康，但已经吸这么多年了，身体已经适应了，不吸烟反而对身体有害。这固然可能是老烟民的不戒烟的借口，但是或许真的有道理。减肥可以让人看起来精神，也有利于身体健康，但是主动吸烟，以做坏事的方式去完成好事，至少程序上不正当，就算能减肥，也可能吸烟带来的副作用更大，身体会因为吸烟而受损。况且，戒烟可能导致发胖，而吸烟对减肥有没有作用，尚不明朗。

肥胖和吸烟的辩证关系如此，需要搞清顺序，恐怕还有很多事也是如此，把顺序搞反了，自己还浑然不觉，或者知道了，但无力改变。

唯有自己不会被丢掉

一个很时髦很有勇气的词叫做归零。

归零就是放弃当下的所有，回到原点。这种情怀，乍一听需要很大的勇气，但，其实想得倒美！回到自己和这个世界的开始，那是要多么美好就多么美好。其实怎么可能。

刚出生的婴儿呕吐物和排泄物都是白色的，因为他吃的是奶，但是人自从吃了肉，哪怕吃了是诗人海子关心的"粮食和蔬菜"，他就不可能回去了。他的排泄物叫做屎，臭的，壮汉和美女，都是如此。归零谈何容易，大家都脏了，谁也回不去了。

就只好尽量接近归零，尽量抛弃掉吧。

互联网时代，过去的很多思维方式和操作技巧都面临着改变。虽然很多人都想与其被淘汰，还不如自我革命获得新生。但是终究还是有勇气的少，随着庸常的惯性，还是该干什么就干什么。生行莫入，熟行莫出，别说投入资金或者感情，如果不能立竿见影，就是一分钟时间也舍不得拿出来，除非说好了这一分钟给多少钱。尤其是时间过得也快，一年两年很快过去，三年五年也很快，所以很多人常常还是维持在"老样子"。

但，还是开始吧，归零的效果，可能"像换了一个人一样"。

先别说学一门外语,就是能先说好普通话,效果就会好很多。跳出现有的社交圈子,结交更多高尚和有意思的人,到没有去过的很多地方看看,让自己焕然一新。睡一个晚上,迅速地爬起来,虽然失去了梦境,但获得了晨光。归零,就是豁出去了,什么都不要了,但至少还有自己,能扔下的都是能扔下的,唯有自己不会被丢掉。

最怕人说

都说人言可畏，在我的好朋友阿呆身上，竟然也能得到验证，这是我所没有想到的。

阿呆是一个非常爱开玩笑的人，对什么都不是特别顾忌。那天他跟我说起一次他的经历，说在单位食堂吃饭的时候，往往都是男同事坐一桌，女同事坐一桌。有一段时间阿呆觉得自己和女同事的关系处理得不是很好，他非常想做出改变，于是试图在吃饭的时候坐在女同事的桌上，这样就便于向女同事示好了，可是坐了几次以后，他还是回到了男人堆儿里。

他说，怕人说！怕人说是个很通俗的说法，换成文词就是人言可畏呗。我对阿呆这样的人也害怕让人说表示很惊讶，阿呆嬉皮笑脸的，没脸没皮的，他也怕让人说吗？

阿呆说，咱是老爷们儿，要是老往老娘们儿堆里扎，怕人说呀！

有什么好怕，为什么害怕别人说呢？很多人讲，走自己的路，让别人去说吧，可是又有"人过留名，雁过留声"的说法，人还是在乎别人的评价，别人的评价的总和，其实就是一个人的名誉。

阿呆说，自从他年过四十以后，就不再轻易和女同事开玩笑，年龄大了更要注意影响。

　　我估计阿呆不是怕人说，一定有人跟阿呆说了什么或者阿呆听到了什么，至于是什么内容，总之就是可以想象得到的那些吧。怕人说是个沉重的思想包袱，其实并不好，可也正是因为怕人说，人才会注意随时匡正自己的言行，这样看也不算太坏。

本来就没有

这几年，人们常常议论有不少纸媒停刊。那几年纸媒发达的时候，很多城市的报业集团旗下都不仅有早报有晚报，有日报有周报，有主流声音，有都市人语，好不热闹。

行业报刊也一度很多，也确实有"千报一律"、同质化的问题，网络时代，看报纸的人少了，订数普遍下降，经营不好的报纸就更难以为继。

其实，一些报刊做得不太好，停了也就停了，因为本来也没有多少受众。

如今很多传统行业如锔锅补碗的之类都已经消亡，曾经以为的新兴行业比如音像店，也都基本上关门了。也大可不必给纸媒唱挽歌，现在精美的纸媒，前身是油印的小报，是黑板报，是茶楼酒肆和馆驿的白墙，本来就没有彩印，没有激光照排。没落了报纸，迎来了网络，电脑或者手机屏，是阅读的崭新情调和传播方式，不愿意不接受是不行的。

本来就没有，而且毕竟还能有更好的。

报纸代表一个时代，除了阅读之外，还有档案功能和证据功能，加上人们多年形成的固有的阅读习惯，确实有不好替代的方面，只要经营得当，桥归桥、路过路，井水不犯河水，也会有足够的生存空间。报纸和网络的最大区别，是前者有纸，后者有一束光。至于未来会如何，可以预测，但是无法想象，想不明白的事，到时候就知道了。

本来也没有，也就不必遗憾。包括财富的失散，本来也没有，何必遗憾；包括年华的老去，本来也没有，何必遗憾。曾经拥有，已经是个了不起的事了。

不一定有备胎

常常听说，汽车有备胎，做人也要有"备胎"意识，就是未雨绸缪、早做打算的意思。这是个很好的比喻，也是个很好的人生规划，很值得推广。

然而，也不是所有的汽车都有备胎。

那天阿发的汽车左前轮的轮胎坏了，车子因而剧烈地颠簸。他慢慢地把车挪到路边的停车场，束手无策地站了半天，决定先去办事，请一个代驾把车开走。可是轮胎坏了怎么开呢？阿发在已经准备拨打救援电话的时候，忽然想起来，换备胎呀！他激动而手忙脚乱地打开后备厢，因为从来没有换过备胎，因而有跃跃欲试的兴奋。但是他发现，后备厢里根本没有备胎，他错愕了好久，就给汽车销售人员打电话，说，我的车为什么没有备胎？阿发还以为是卖车的忘了把轮胎放在车里呢。

对方说，您买的是奔驰车，咱们奔驰车是没有备胎的。

阿发后来又了解了一下，不仅奔驰，宝马车也是没有备胎的。

就像有个比喻，小鸟停在树枝上不怕摔下来，不是相信树枝结实，而是相信自己的翅膀。奔驰和宝马作为著名的汽车品牌，有实力有自信。销售人员的解释是，奔驰在全球有完备的救援系统,救援人员随时到达,没有必要用备胎占用车的后备厢,随时可以把车胎送到,也随时可以把车拖走。

也不排除不用备胎是一种展示自信的人设和实力彰显。奔驰就是奔驰,跟别的汽车不一样,还要什么备胎呀。有实力就是不怕,就像吕布自信武艺和赤兔马、方天画戟。

另外的启示是,没有绝对的事情,就连备胎也不一定有。

当水喝

有不少年轻人常年喝可乐，到了拿可乐当水喝的程度，他们基本上不喝水，造成了血糖升高、骨质疏松等很多问题。很多年轻人不听劝，就算有了木糖醇做的可乐，他们也坚持喝原味儿的，因为他们认为只有原味儿的可乐才有"灵魂"。

关于水的科学定义是，没有颜色、没有味道、透明的液体。水看起来太普通了，不像碳酸饮料那么花哨，但水是不可替代的，它没有甜味儿，也没有"灵魂"，但水就是水，没有人离得开水。人体70%的成分是水，传说女人是水做的，如此说来，人就是水。

也有很多人在吃饭的喝汤、喝粥、喝奶的环节劝人，再来一碗吧，当水喝！这句话的意思是，反正人每天都要喝水，多喝一碗汤，不就省得喝水了吗？

汤是汤，奶是奶，终归当不了水喝。如果奶和水一样，那谁还会去买奶呢？买点水就行了，毕竟水比奶还是要便宜得多。汤里有盐，也终归不像水那么解渴的，别看汤和奶都比水要贵，但是最解渴的还是水。喝汤的目的是消食，奶被认为是营养品，喝水的直接目的就是为了解渴，用汤和奶来解渴，既不"管用"，也实在是浪费。

仔细想想，这样的事还有不少呢。本来自己皮肤很好，非要去打玻尿酸，或者涂上厚厚的粉底，天生丽质就这样被埋没了。自己好好的双眼皮，再去割一遍，眼睛是显大了，双眼皮也过于大了，未必好看，也不是原装了。人才的使用也是如此，过去认为都是穿制服的，军人也可以当法官，那可当不了。而用军人去当保安，也屈才了。最好还是人尽其才。

路的那一边

我还记得我的朋友小欧，恋爱的时候很投入。他喜欢上了一个姑娘，但不敢跟那个姑娘去说，却常常到那个姑娘的楼下去，站在那里看姑娘窗子里面的灯光，一站就是很久。他好像也不想说破，就要这样的恋爱的感觉，有没有结果都不重要。小欧朋友不多，他的这个经历也许只跟我一个人说过。

那都是很久以前的事了，现在的小欧早就成熟了，孩子都老大的了，他媳妇我也见过，不是窗子里的那姑娘，是一个很好的本分人。

前两天，小欧忽然跟我说，老兄，我又看见了那扇窗子。我说哪扇，说着我就想起来了，我说，小欧，这也十几年了吧，怎么又想起来了？

小欧笑说，是呀，那天去公证处办事，为这事跑了好几回了，这次终于把事办完了，办完事导航开车去另外一个地方，一拐弯才发现原来到了自己熟悉的一条街道。

我问，哪条熟悉的街道，就是你当年那个姑娘住的地方吗？

小欧说，是呀。小欧还说，就算在某一个城市生活了很久，也不一定到过所有的街道。就算自己认为很熟悉的地方，去过路的这边，也不一定去过那一边。

小欧接着说，当他的车拐过弯来，发现那片曾经魂牵梦绕的居民楼就在街边，那个窗户还那么显眼。

我说，兄弟，感受如何，是投去了深情的一瞥，还是下车驻足看了一会儿？

小欧笑，说，要是晚上就好了，还能看见橘色灯光，可惜是白天。

我笑问，兄弟，是不是还会去呢？小欧说，不会了吧，那个地方看着感到很陌生了，公证的事也办完了，再说了，姑娘早就搬走了。

消费感

比如旅游的事，很多人当然希望景区里人少。但如果人真的很少，空空荡荡的，旅游者内心里会有一种不安，觉得哪里有点不对劲儿似的，在游客的理念里，"人挤人"，是多年旅游所遇到的常态，不拥挤既庆幸，也失落。

到景区是要买门票的，大多数叫做景区的地方都是这样，人们也早已习惯了。不是所有的大江大河都被圈起来收费，很多原本收费的景区（比如西湖）也早就打开围墙，方便更多的人游览。

很多人面对景区动辄上百几百的门票钱，感到太贵了，希望降低门票价格，而如果景区不收钱或者收的很少，游客也会感到哪里有些不对劲儿了。在一定意义上说，游客就是来消费的，消费，翻译一下就是花钱，不用花钱反而觉得不对劲儿，不是游客钱多了烧得慌，而是固有的消费感受被破坏了。那些不收钱的景区，或者不是景区而是"风景"的地方，本来很好，但游客的钱没有花出去，于是就觉得不爽，钱花多了觉得不值，而没有花钱也觉得不值。因为那么远来的，居然没有花钱，太不值了，人们甚至会想，这样岂不是高铁票钱白花了？

一旦有销售者搞饥饿营销，消费者也会有这样的感受，其实售卖的商品根本没有太大的用处，但如果抢购者没有买到，钱没有花出去，那失落的感受一准儿写在脸上。

人辛苦挣了钱，也还是希望花出去。有人说花出去的钱才是自己的，有一定道理。钱作为一般等价物，换回了商品很好，换回了消费的良好感觉也不错，当然，更好的情况是，又有消费感，又实实在在地换回了"东西"。

剥好的皮皮虾

天津临海，天津人也爱吃海货。有一种很好吃的海鲜叫做皮皮虾，到东北那边叫虾爬子。好吃是好吃，就是外边有很硬的皮，吃起来费劲儿，光是剥皮的过程就很让人头疼，弄得手上全是黏黏的，吃虾前先要擦手，最好是洗手，吃了一只再剥，还要继续擦手洗手，黏液沾手，起来坐下，让人很是不爽。有的人吃的时候不顾斯文，不仅用手，干脆拿牙咬，把牙咬坏了不说，吃相不雅，吐得桌子上都是渣子。有的人干脆连着皮一起嚼了，美食的味觉和整体感受大打折扣。

会吃的人大有人在，能完整地把皮皮虾的硬皮剥下来，用手拎起来，或者是用筷子夹起来，蘸上调料吃了，口腹舒服，味道好极了。但如此会吃之人，毕竟是少数。

类似的情况还有很多。比如西瓜，谁买了西瓜也要回去用刀切了吃，要不就是拿一个勺子，一勺一勺地挖着吃。想买了西瓜当街直接吃，难度很大。除非粗鲁大汉，一拳把西瓜砸了，拿起来就吃，也并非不可。

吃不到、吃不起，倒也罢了，明明摆在眼前的美食，吃不下去，这就让人沮丧了。

其实，也不难。很多餐馆在售卖皮皮虾的时候，不是带着硬皮端上来，而是端上来的整盘皮皮虾都是剥好了的，看着那些皮皮虾那么乖巧的样子，就食欲大振。哪怕是就方便了这一点点，情况就不一样了。卖西瓜的摊主，其实一个西瓜附赠一个小勺子，很多人就可以就地解决了。要不然也可以把整个的西瓜切块卖，无非是整体售卖和"零售"的关系，解放了思路，什么都解决了。

就在某个角落

我幼年的时候,遇到一位亲戚给我留地址,他说我记,让我转交给长辈。我用笔在一张纸上写到一半儿的时候,亲戚告诉我,你这样不行,应该记在本子上,记在一张纸上,差不多就要丢了。

这个道理类似于一滴水很快会干涸,如果汇入大江大河,不仅不会干涸,而且就不是一滴水了,是大江大河的一部分了。

一张轻飘飘的纸,丢了不好找,一个笔记本,丢掉的可能性就相对小得多了。

一张张或者一组组的文件材料,哪怕不会丢掉,也至少容易散失,而且分散到不同的书桌和抽屉,也就不好综合对比着研判了。

怎么办呢?拿个档案袋来,把零碎的材料装起来,就不会丢掉了。

把档案袋放在档案柜,再把档案柜放进档案室,档案室太小就建设一个档案馆。再把纸质的档案做成电子的,就更保险了。

这样的浅显道理,是管理思维,做到也不容易。就比如家庭主妇过日子,有的家庭窗明几净,井井有条,无非是主妇善于收纳,有不同的收纳柜,不仅有柜子,而且还善于用柜子,勤于把各种杂物放进不同的格子和柜子里。有很多主妇不是没有柜子，是没有管理意识，厨房里的碗筷摆满了灶台，房间里的衣服杂物放在床上和地上，乱得脚没有地方放，屁股没有地方坐。

职场上的办公室也是这样，有很多人的办公桌乱得让人绝望，房间主人愤怒地到处翻找材料是生活的常态，我的那份材料哪里去了！他们很可能一辈子都在寻找，终生都是乱糟糟的，很多东西一辈子都没有找到。

那些要找的材料，其实就静静在某个角落，只不过不会说话罢了。

七天长假的隐喻

一旦到放长假时，就有点儿不知所措。不知道这七天的时间该怎样安排，因为我知道无论怎么安排，都会是让人感到遗憾的。

如果我写了七天文章，我会感到充实，但我也觉得没有旅行多少差点劲儿。而如果我旅行呢，我也会暗暗遗憾，为什么没有多写些文字？奔跑在外面，看到了很多，但好像什么也没有留下来，唯有用笔记录才让内心感到踏实。

怎么着好像都不行，还有其他的需求，比如去看父母，比如访友，想要的和要做的太多，可以做的太少，做到的就更少。

七天长假，看似很多，其实惶惶然。第一天和第二天时间有一大把，再自律的人也有可能会挥霍一点儿，收拾一下房间，浇花喂鸟，去理个头发，总的来说，这还是"有用"的事，而做些无用之功，比如睡个懒觉，发发呆，伸懒腰，总也是人之常情。

第三天就感到有点儿紧迫了，虽然还有五天，但毕竟已经过去了两天，人还是会有点伤感的，而且身在这天，那也可以说，假期还有四天。接下来，还有三天，还有两天……直到还剩最后一天，每天都想挽留，但时光留不住。

人生七十古来稀，七天长假好像是人生的隐喻。七天和七十年，在一定意义是一样的长度和宽度。

七天长假，还能怎么过呢，选择了怎样的方式和内容，一定是自己想要的，写作和旅游，都很好。

人这一生跌跌撞撞，顾此失彼，很少有人对自己满意，但是让谁重新来过，谁也不一定愿意。重新来，一生里遇到的人和事都不一定会有了，想想还是舍不得，还是就这样吧。

为什么总是迟到

守时和守信是美德。大约每个人都有过迟到的经历，再自律的人，永远不迟到，也几乎是做不到的，因为各种突发事件都会有，什么事都有可能遇到。

能做到基本不迟到，在预知自己要迟到的情况下事先通知对方，对自己的迟到行为向对方致以歉意，这就是做得很好的人了。

而很多人对于自己的迟到不仅没有什么歉意，反而觉得，这有什么呢？就是晚了一会儿嘛。他们对于自己迟到总是能有很多看似正当的理由，比如，今天路上太堵车了，不怪我呀。但对方也是今天来的，人家怎么就没有迟到呢？早高峰堵车是个大概率事件，人们都知道，所以如果能早出发一会儿，就能躲开，不管采取什么样的方法，也要尽量不迟到。守时是守信的一部分，守时也是守信的前提。

爱迟到的人，往往总是迟到，这次有理由，下次也还有。如果问一句为什么，答案其实也很明确，爱迟到的人无非是自私，想着自己，不顾别人。在他们的认知里，我来晚了，那你就等着呗。

有个现象就叫做"起大早赶晚集"，爱迟到的人也许出发得并不晚，本来已经快到目的地了，如果这个时候还有一点时间，爱迟到的人往往会去做点自己的别的事,他们的口头禅是,耽误不了多少时间!在他们的内心里,已经有了预判,无非还是,如果我晚了,你就等会儿吧。在他们出门前,他们饭要吃好,妆容要化好,这些当然都没有问题,但早起一会儿做好不可以吗?他们就管不了那么多了。

自私的人害人害己,耽误了别人的时间,其实也耽误了自己。

在茶热的时候喝下去

茶刚刚沏好,人就出发了,这说的是我。做律师工作事情不少,本来想在办公室里喝茶想想事,但有急事等着去办,只好就走吧,茶就白沏了,当然很可惜。

茶叶还有,但坐下来的时间什么时候有,那可不一定了,能安静地喝茶,也是个奢侈的事。

茶刚刚沏好,人就睡着了,这说的也是我。当我从事一天律师工作回到家时,我往往已经比较劳累了,也许我还喝了一点点酒。我希望我的读书生活快点开始,我就沏上茶,打开书,但倦意袭来,我想我先休息一会儿再读书吧。我本来想躺一小会儿就马上起来,结果我睡着了,第二天看见书桌上打开的书和放了一夜的凉茶,我当然悔恨,但我能做的事是马上起来,把书本合上,把凉茶倒掉,就当什么没有发生过。可能会暗暗想,今天晚上一定不要先休息,多读点书再躺下。其实自己内心也知道,很可能今天还是会睡着了,力不从心的滋味,在中年,是深切地感受到了。

人是不可能什么都得到的。在很多时间里,读书写作的事,就是没有办法进行,因为总要先把律师工作做好。

我毕竟也还有一些时间,能在办公室里安静地看材料喝茶;我也有不少的晚上,精力还算充沛,能喝着茶,读点书,写点文字,还不至于每天人睡了,茶再慢慢地凉。

要么勇敢地接受,生活就这样继续下去了;要么,就勇敢地放弃,能做好一件事已经很不错了。还是得给自己留一点时间和空间,能在热茶不凉的时候,先别睡着,稳稳当当地喝下去,这个要求高吗?

原味儿最好吃

新出锅的馒头,能嗅到粮食和田野的天然味道,又白又暄腾。很多人拿起,不用吃菜就能干下去一个。蒸熟的新米饭,上面像是泛着油光,入口像黏腻的爱情,佐以炒菜炖肉当然也好,但没有菜品,原汁原味的大米饭,也是一种很好的吃法。炒货的品种里,葵花子有咸和甜等多种味道,会嗑的就选原味儿的,觉得还是干炒的最好。更精确的例子比如白开水,没有颜色和味道,比所有的饮品都解渴,清冽的甘泉水,就连烧水的环节都可以省略掉,却直沁心田。

烤鸭上桌来,服务员会告诉食客,吃第一口鸭片儿先不要蘸酱,焦黄的鸭肉入口即化,原味儿最好吃。狗不理包子也是如此,老顾客不用服务员提醒,也一般先不蘸醋,吃包子的原味儿。

有很多人开车一定要把座椅调整到上一次的高度和距离,否则整个驾驶过程都不舒服。在录制的多条视频中挑选,会发现最满意的往往就是第一次录的。漫无目的行走的人,走着走着会回到出发的原点,最依恋和最信赖的地方,永远是自己的故乡。刚开始写文章的人,总是觉得文辞华美是唯一标准,后来越写越淡,大演员演出就像说家常话一样,表演痕迹淡到没有。

比较起清心寡欲，人们也喜欢烈火烹油，选择总是个两难的境地。几乎所有奋斗的人都是前一天还想着开疆拓土，一转身就去隐居了。而隐居久了，很多高士也还是又出山了，因为山外有个世界。

原味儿最好吃？吃烤鸭的人第一口不蘸酱，第二口还是蘸了，吃包子的人也是这样。为何，又如之何？无非是第一口先别蘸，接下来蘸就是了。

不那么容易开始

做成任何一件事都是很难的。尤其是开头最难,都说万事开头难,真是不假。

就连坐下来写东西都是很难的。正确的程序是马上打开电脑,然后写下第一行字,接着写第二行,就能写下去了。

如果不能马上进入状态,那就点燃一支烟,烟灰很快被吹进键盘缝隙里,强迫症似的去清扫,怎么弄也弄不出来,去找吸尘器,可是吸尘器在库房里,库房是锁着的,去找钥匙,钥匙老婆带着了,去找老婆,发现老婆在打麻将,怒不可遏地打老婆。哪还顾得上写稿子,改为写检查吧。

不点烟,那总要沏点儿茶吧,烧水、找茶壶,茶叶没有了,那去买茶叶吧,先给车加上油再去吧,这些事都做好了,人也累了,稿子也不好写了。人的精力也就是那么多,耗掉了就没有了,在一定的时间里能干好一件事其实就不错了,不过也没有关系,就当去体验生活吧。

有的人做事提前做准备,这本来是好的。比如第二天出门,提前一天是一定要看天气预报的,说有雨第二天就什么也不干了。但偏偏雨可能没有下,还不如说走就走呢。

有的人做事一定要有百分百的把握才出手,比如绝对不会用杠杆,不攒够了钱不买房子,一点贷款也不欠。但钱存够了,人也七老八十了,很多事也就没有意义了。

多少人在盛夏的时候要"等凉快了",在寒冷的时候要"等开春",哪知道凉快时没有抓紧时间,很快就寒冷了,而等来了春天又没有抓紧,很快也就热了,那就只好接着"等凉快了",循环地等。

不如还是开始吧,一旦开始,就好了。

每天都有故事发生

不少人有写日记的习惯,觉得记录下来自己的生活才够踏实。如果不写,往日里都做了什么,一点儿也想不起来,会为想不起来而焦虑。其实写了日记,也不可能记录下生活的全部,绝大多数感受还是会流失掉了。所以写日记的人,也就是为了记录这个过程,也未必还要打开看,打开时也还是会觉得往事不堪回首。

写作的人内心敏感,写作的意义和写日记有相像的地方,写作的人想把自己的内心世界写下来,不写很痛苦,尽管知道写了也未必有人看。

我在零星的时间里写作,每天都能有很多写作的"灵感"瞬间。就像梦里的人自信能把所做的梦记录下来一样,绝大多数的梦,在人醒来的时候都会忘记掉。我也时常觉得我能记住,但那些想法很多转瞬即逝,灵感闪现时,也可能我正在法院开庭,也许正在和客人谈话,也许我在开车。并不是我自恃记忆力好,我实在是没有时间记录下来,如果我能记录下来就好了。事后我能想起写作的点子和方向是什么,我却想不起来内容了。如果我没有写下这篇文字,也许就连这样的片段感受都忘了。

当然,我毕竟还是记下来了一些,有一部分是我靠记忆力,也有一部分是我用手机记的。也有时我看着我的记录,很多只有几个字或者一个题目,我当时在想什么,这个题目是什么意思?我也想不起来了。

记录下来好,忘了就忘了吧,好在每天都会有故事发生。

升级留级

现在上学的孩子们,好像不再听说有"升级、留级、跳级"的说法了。举例说明吧,升级就是一年级之后顺利地上二年级,跳级是一年级之后直接上三年级,而留级是一年级之后再重新上一年级。

当然升级是大多数,也会有留级的学生。我记得那时孩子们刚上学之时,还是会有关于升级还是留级的担心,有的孩子对此很害怕,因为确实有孩子不能升级而留级了。

这里说的是一种叫做"升级留级"的徒手游戏。非常简单,两个孩子一起玩,一个人贡献出一条胳膊给对方,对方宛如一个算命的,给伸出胳膊的孩子测算将来是"升级"还是"留级"。

玩法很简单,算命者把对方的手抓过来,用自己的虎口钳住对方的手腕,用大拇指和食指按压住对方手腕,从对方手腕往腋下上升着移动,嘴里念念有词,升级、留级、升级、留级……直到手指落到对方的腋下才停下来,当时如果念到的是升级,那对方就会升级,而如果念到留级,那对方将会留级。

现在回想起来,这算什么游戏,那时候经济还不发达,孩子们实在也没有什么可玩儿的。想着,还能发现很深刻的道理,凡是成绩好的学生和班干部,当对方的手指接近腋下的时候,赶来赶去,也会"升级";平时表现不好或者是老实的孩子,一般会得到"留级"的结果。俗话说的"见人下菜碟",原来在孩子中间一样有。

  我常想起那些玩游戏的纯朴孩子,往昔不再,那些贡献了胳膊的孩子怎么想的,为什么要玩这样的游戏。升级还是留级,自己心里没有点儿数儿吗?

我知道了是真的看不清

写这篇文字的时候,我手边放着一个眼镜盒。这个眼镜盒担任了承载我的老花镜的功能,成为了和纸笔、电脑一样的我身边不可或缺的物件。

民谚说,"花不花,四十八",我的眼睛花了以后先有了老花镜,但当时我还真的不懂,眼镜需要有一个眼镜盒。我的老花镜买来后放在了我的办公室,就可以随手用了。在家的晚上,我读书的时候看不清小字,就伸手找眼镜,没有,因为老花镜在办公室呢。我就想,看来我要另外再配一个老花镜,这样在家里也可以有用的了。后来有人给我解答困惑,说,你弄一个眼镜盒,把老花镜放在盒子里带在身边,这样别说是家和办公室,你哪怕出差,不是也有眼镜可以用了吗?

因为没有经历过,所以这样简单的道理,我也需要有人给点拨。我于是真的就添置了一个眼镜盒,就可以随时把老花镜带在身边了,为此,我还新奇了一阵,每次从包里拿出眼镜盒,就好像回到少年时代从书包里拿出文具盒一样地兴奋。

当然,每当我拿出眼镜盒我都多少有些忧伤,我怎么忽然就戴上了老花镜?好像起初还有点儿像是潇洒好玩儿,眼镜盒让我体会到真实，我已经由一个少年，变成了中老年，我也是一个有老花镜的人了。

忧伤更来自我想起我对我父母曾经的埋怨和嘲笑，我记得那时他们上了电梯找不到按键，还需要猫下腰细看，他们看报纸要在屋子里急赤白脸地找眼镜，那时我想，没有老花镜又怎么样呢，难道就看不清吗？

现在我知道了，没有老花镜，是真的看不清。

筐球的底部

很多看起来顺理成章的事情，其实并不一定就是现在的这个样子。

风靡全球的篮球运动，过去叫做筐球。名称的改变并没有多大的关系，关键是篮球的筐球时代，在篮球架子上真的是放着一个筐。运动的人把球朝着那个筐投去。

什么是筐？筐是一种器具，是用来盛放物品的。在筐球时代，投进筐里的球，就停留在筐里，不管是哪一方把球投进筐里，比赛就要中止，踩着梯子上去把球从筐中拿出来，好了，比赛继续。

既然是筐，当然有底儿，不然就会漏掉。而篮球如果能从那个筐里漏下来，不就不用登梯子去拿了吗？这样简单的道理，那时就是想不明白。经过了一定的过程，把筐的底儿给拆掉，以便于让投进去的球能从筐的底部漏下来，不用再去拿梯子，篮球比赛就可以顺利和流畅地进行了，篮球运动这才算正式发展完成。

所以，从筐球到篮球，绝不仅仅是名称的改变，解放思想才最重要，把认为本来该如此的事情再进一步想想，也许会有颠覆的发现和收获。而思想的解放，并不是多么高深莫测和石破天惊的事，没有那么复杂，就像传说中的万有引力的发现，就是牛顿和一只掉落下的苹果的故事，成吉思汗的军队纵横天下和给马加了马镫有关。

　　这样的事情还会发生，很多看似约定俗成的事情，看来也都还有改变的空间和可能，既然可以拆掉筐的底儿，也许还能给筐加一个盖儿。当然了，除了筐，还有锅碗瓢勺那么多器具呢，还有那么大的世界呢，就慢慢想吧。

无绳跳绳

跳绳是很好的一种运动,对场地的要求也并不高。一条绳子就能让人气喘吁吁,达到强身健体的作用,减脂的效果非常好。但也有不方便的地方,有人在室内跳绳,绳子挥舞起来上下翻飞,弄不好就会挂在屋子里的灯上,还是施展不开。

所以现在有种新的跳绳方式是"无绳跳绳",左右手各拿一个手柄式的东西,模拟着跳绳,不仅运动的效果是一样的,而且没有挂碍。无绳跳绳还解放了人的思路,不一定跳绳就得有绳子,想跳就跳嘛。

很多小男孩的童年记忆,一起做游戏的时候,没有玩具枪,用手也可以比画。下象棋的高手,没有棋子和棋盘,那也可以"下盲棋"。新的时代提倡"无纸办公"。还有武侠小说里说的"无招胜有招",文学艺术创作里的"最高的技巧是无技巧",可能都有相似的妙处。

最高的技巧是无技巧,可能是一种哲学观念,存在理念当中。而无绳跳绳是真实存在的运动方法。人跳着跳着,可能还是会有种恍惚,自己这是在跳绳,还是只是在做跳上跳下的运动呢?既然手里没有绳,那又何必叫跳绳?既然可以"无绳"跳绳,那就连那个手柄也不用拿，靠想象也完全可以。当然，如果手里真的什么也不拿，就算在脑海里想象着自己的脚下有一条绳子，还说自己是在跳绳，也未免显得过于矫情。

绳子可能还是要有的，必须有绳子从脚底下通过，才是检验运动效果的标尺，如果没有绳子，有的人跳着跳着，脚都不一定离开地，你就是自己在那里抖脚嘛！

开机与刷机

苹果手机有一种叫"白苹果"的功能障碍，屏幕上定格白苹果的形象，怎么也进入不了下一界面。那个白苹果定定的，与人相互对望。

我那年遇到过这种情况，手机打不开，就带着"白苹果"表情的手机去维修店。

我焦急的说明了情况之后，接待人员对我说，哦，可是你的手机打不开了，那怎么修呢？我说我不知道怎么修，所以才来找你们。他说，手机打不开就没有办法修。我说，我要修理的就是手机打不开，他们还是说，对不起，打不开就修理不了。

专修店遇到"白苹果"的毛病，似乎应该是司空见惯才对。这样的事情奇怪、荒诞，但在很多场合好像都遇到过类似的悖论。

那手机后来在我的抽屉里放了至少有两年，有一天我又想起了它，我就让人送出去看看过了一段时间是不是会有新的方法。帮我修理手机的助理高高兴兴的回来告诉我修好了，我问他，这次是怎样修好的？助理讲，到了一家路边的修理店，人家给充了一下电，开机就成功了，根本就没修。

这样的事也是常有，暂时解决不了的问题，放一放就解决了，解决问题的最简单直接的办法是时间。

但是新问题还是会发生,新近买的手机又发生了同样的问题,打不开了。维修店的人兴冲冲的接过我的手机就要"刷机",重做系统。我说我想要的不是手机,我要留住的是手机里的照片和通讯录,你一"刷机",这些东西不就没有了吗?店主肯定的说,不刷机就修不了。我想那还是把手机放在抽屉里,也许过一段时间之后就好了。

但我也知道,也许就修不好了。

越椭越圆

我记得我还是个孩子,第一次上美术课,美术老师让画一个杯子。我认真地看一眼杯子画一笔,努力地画了之后,却怎么看怎么觉得不像。

那是因为我把杯口画成了一个平面的圆,就完全没有立体感。我记得老师笑眯眯地帮我修改的时候,只跟我说了一句话:越椭越圆。他说着,把我画的杯口的圆改成了椭圆,我看起来,纸上那真的就是一个杯子了。

我从那时知道了,要想画成一个圆的杯子,要把杯口画成椭圆形。

这个老师说的话我思考了半生了,越椭越圆,好像很有哲理。

昨天我看到了启功先生的一个教书法的视频,他说,横平竖直是错误的,横要是想好看,就得写得斜一点儿。

我受到启发,并且又想到了那句"越椭越圆"。

绘画写字的道理如此,表演也一样,演员在舞台上如果完全照着生活化的样子去表演,恐怕是要失败的,多少要有一点儿夸张和变形,演出来才好看。而文学创作的那句著名的话叫做"源于生活,高于生活",如果不能从庸常的生活里跳脱出来,不"旁逸斜出"一些，就只有生活的现实，而没有所谓的文学性。文学性就是艺术性，太多了就像过浓的妆，没法看，没有了也不行，略施粉黛最好。

从艺术的圈子再往更广阔的世界来看，比如讨论怎样做人，"越椭越圆"也具有一定借鉴意义。做人当然是实诚一点儿，但"虚实结合"并不是做人需要的证伪命题，太实诚了，那就不是"做"人。画起来椭，但是最终看起来，还是一个圆，求的不就是这个圆吗？

蘸　墨

陆文夫的小说《美食家》的故事，厨师认为做菜最重要的不是选料，不是火候，什么都不是，而是放盐，这样的说法未免过于标新立异，但也有其中的道理。

而那天听到一位成功的书家提起书法，和小说里厨师所讲有异曲同工之妙。他说书法成功的秘诀，不是纸笔好不好，不是临池读帖，不是那些被人们认为很重要的工序，而是蘸墨。

写过毛笔字的人都会有感受，软笔和硬笔最大的不同，除了一软一硬以外，就是硬笔不用蘸墨，也不用像过去那样给钢笔"打水"，一支笔用下来，是能写很多字的，确实比软笔要方便得多。

现在使用毛笔，虽然不再像过去那样需要研磨了，但是即使是用墨汁，蘸墨也是必需的。初学写字的人，恨不得写一横就蘸墨一次，再写一竖，再蘸墨一次。厚垫纸饱吸墨，当然也没有错，但问题也不少，墨过多，拉不开笔，弄不好墨就会在纸上"洇"了，先开一朵花，继而成为一只"墨猪"，而书法讲究的气韵，在一笔一画的蘸墨之中就荡然无存。字毕竟是写出来的，甚至是水银泻地而出。

很多人不理解，书家所讲，坚持写一个字之后再蘸墨，甚至是写好几个字蘸一次墨，可是，那不够用呀，最多一个字写下来，没有墨汁的"秃笔"就会出现枯笔的情况了，怎么可能是写好几个字才蘸一次墨呢？

　　字写得好，无非是用墨的问题，把墨汁在纸上形成优美的线条，太过于"费墨"，还是没有很好地调锋。人生太过"费墨"，效果也会一塌糊涂。

把衣物装进柜子需要几步

把大象装进冰箱要分三步,打开冰箱门,放进去,关上门,这件事情大家都知道了。

那出差时把整理好的衣物放进旅行箱,要分几步呢?如果你告诉我也是分三步,那恭喜你答错了。

道理很简单,你是不可能一次性把所带的东西都放进去的,放进了一件衬衣,觉得少了,又放进去一件。放进一条裤子,还是觉得带得少了,就又把箱子打开,再放进去一条,后来又觉得,裤子嘛,带那么多条有什么用呢,轻装上阵好,还是又拿了出来。身份证是不是带了?检查一下,看看在里面,也就安心了。可是忽然又觉得,身份证还是带在身上,不然上高铁的时候用起来多不方便啊!还是放在贴身的上衣口袋更方便,也更保险。就又把箱子打开一遍,把身份证拿出来。

把箱子开开关关的,连自己都烦了。要么就是强迫症,要么就是记忆力不好,不到出门登车的那一刻,开关箱子的事,是不会停下来的。

类似的事情还是会接着发生。到了高铁站,还要确定这一班火车的准确开车时间,于是把车票拿出来看一看又放回去。进站以后,才忽然想起,自己是在几车厢?就把车票拿出来再看一下然后再放回原处。进了车厢以后才想起来,座位号是多少?那好吧,再把车票拿出来看,直到坐下来,车开了,也就不用折腾了。如果有来查票的,也可能会再浑身上下找车票。

　　人这辈子,其实还不是如此,早知道这样,就不该那样,能一次性记住车厢和座位就好了,可做不到。人不长前后眼,但早做规划,认真判断,还是会大不同。

此恨无计可消除,"偷"除外

一个孩子丢了一个漂亮的文具盒,他伤心地哭了。

为了安慰自己的孩子,年轻的妈妈急忙一口气给孩子买了三个文具盒,说这下子你有三个了,孩子别哭。

谁知道孩子哭得更伤心了,他搂着妈妈的脖子说,妈妈,如果没丢,那我现在就有四个文具盒啦!

年轻人为情所困,忘掉一个人,忘掉一段往事,不容易做到。就像李清照所说的,此情无计可消除,才下眉头,却上心头。年轻人伤心地想,我再也找不到这么好的人了,我再也遇不到这么美好的故事了,当然,对于下一段感情,年轻人仍然会这样想。

而拼搏的人,惜时如金,因为蹉跎岁月而深深悔恨,像一个盼了很久想要在年三十儿守夜的孩子,年初一早上惆怅地对妈妈说,您为什么没有叫醒我呀。拼搏的人也想,昨天晚上我只是想小憩一会儿,为什么就睡着了呢!

努力奋斗,把失去的时间找回来!每个人可能都这样想过,但不管再怎样努力,丢了的文具盒也是丢了,昔日也不可重来。今天的努力只代表今天,而昨天就是睡着了。

此恨无计可消除,"偷"除外。忙里偷闲,两全其美。比如在路上写字。不耽误从 a 地到 b 地。这样偷出来的时间，让人偷着乐，偷的不是别人，自己偷自己，还能把自己偷乐了，简直是妙不可言。

　　偷得浮生半日闲，这种闲，不是闲得难受，闲着没事，这种闲是在奋斗中偷出来的，不用悔恨。正如我此刻，在忙碌中把文章枪里加鞭偷出来，就觉得昨天的恨可以消除了，我准备喝一杯茶，喘口气。

动与不动

实在是觉得,小孩子太难了。

小孩子好像怎么做都不行。比如他跑起来,可能会落一个"疯"的指责;如果他安静地坐在那里,那也许会获得一个"蔫"的评价:这孩子,怎么一点儿活力也没有呢!

我到现在还记得,我的一个青少年时的伙伴儿,忧伤地给我讲过他的青春的迷惘:我就怕我爸爸和妈妈在家的时候。

我问,那是为什么呢?

他们在,我简直是站也不是,坐也不是。

我问,那你怎么办呢?

他说,我只好也不站,也不坐,我就在家里走来走去。

这样的例子一点儿也不鲜见。没有办法,话语权在成年人一边。

做出种种不同的评价,也许就是根据成年人的好恶——喜欢一个人,那就什么都好。反之,如果是不喜欢,那总能挑出很多毛病来。

也许无关好恶,那仅仅是因为出于成年人的一种忧患意识,成年人一定是孩子的长辈、老师这样具有相关联的责任的人。如果他们不这样评价,那就不能显示出他们的责任心和担当精神。

其实呢,成年人也无非是长不大的孩子。走夜路的时候,不仅孩子怕黑,孩子的爸爸其实也怕。

孩子在过马路的时候遇到车多,后面的爸爸大声跟孩子说,别动!爸爸的意思是说,孩子如果乱跑,汽车司机反而不知所措。动,还不如不动。

可是如果不动,真的就会被汽车撞到了,在很多时候,还是快跑才能够得以逃脱。所以,有时候跟在后边的爸爸也会大声对孩子说,快跑!可是恰恰是因为这一跑,反而被车撞了。

成年人不仅不一定能指导得了孩子,也不一定能指导得了自己。比如是该坚持到底,还是走为上策。

早晚扔掉

早上来律所加班时，首先映入眼帘的，是去年 12 月 31 日辞旧迎新时还没有扔完的物品。

有一本崭新的红色挂历，是 2021 年的。去年一年也没有使用，所以还是新的，但它被扔掉的命运随着 2022 年的到来，是必然的了——它虽然新，但也是去年的挂历了，再新也是旧的了。

而办公桌上，还有自 2012 年开始每年一本、共十本黑颜色的班台桌历，上面写满了字，十年来我的日程和一些生命感想，都在上面记着并被我留着。时间过长了，现在看起来，它们显得肮脏不堪，我这些年来搬家不管到哪里，都带着它们而舍不得扔掉。31 日找它们出来，不是为了扔掉，而是为了擦拭尘封的岁月。

那时我每天把接下来的日程写在上面，事情处理掉之后，就在上面用粗笨的笔道儿划掉，表示一件事情的完结。

每个月的时间被一张纸网格化，一年十二张，十年历史，只在肮脏和轻薄的一百二十张纸上。

使用过，反而具有历史和文献价值而留下来，笔迹再难看，也是自己写的，所以还有温情。

这个世界公平吗？没有被使用过，不是即将被扔掉的"新的旧挂历"的错，却还是会被扔掉。却原来别说人，就是没有生命的挂历，也有使命、担当和运气。

我认真地想想，既然不是它的错，要不这个红色的挂历也不扔了？它那么火红、鲜艳和喜庆。什么都舍不得扔掉，生命的沉重负担，就是这样一点点自己背负起来的。

进而，我又想，其实不管新的、旧的，红的、黑的，这些物什，早晚都会被扔掉，我如果不扔，也会有人替我去扔掉。

这样想，我反而一身轻松了。

车头朝外

把车停得"车正轮正"是一个技术活儿,新手、女司机,往往做不到。很多人开了很多年车,也未必做得到。车或者轮子是歪的,要不然堵了别人家的门,这都不应该是一个优秀司机所为。把车行云流水地停好,然后潇洒地下车,简直是一种追求和品位。

停车的更大的烦恼是没有地方停。停车是个刚性需求,车不可能永远在路上行驶,车总要停下来。有个笑话,一个人上午找到了一个能停车的地方,就不再愿意出去跑业务了,理由是车刚刚停好,如果回来找不到这么好的车位,那该怎么办呢?

停车在停车场好像最正确。停车场也有很多种,当在停车场好不容易把车停进车位,尤其是自以为停得很漂亮,正颇为得意的时候,工作人员可能会走过来说,抱歉,请您车头朝外,把车倒进去。

这个时候停车的人,往往会感到焦虑,我好不容易能停这么好!你为什么早不说,都停好了!

工作人员可能会耐心地解释,您还是倒进去,车头朝外,这样您走的时候就方便走了!

我走的时候是方便了,可现在就不方便了!停车人很可能不管那套,气哼哼地拂袖而去。

确实很多停车场的车,车头都是齐刷刷地朝外。

东北有一句土话,叫"茅房拉屎,脸儿朝外",是形容堂堂正正男子汉的,的确,不仅人的脸要朝外,车头朝外,也是有道理的。看过那些警匪片吗,一行人上了车就发动,才能够逃掉,如果车头当时朝里,也许就跑不掉了。

多么痛的领悟!这条路,能从这头走到那头,但不一定,能从那头走到这头儿。

停车之后,什么都有可能发生。

黑云翻墨，也要洗车

私家车进入千家万户，就有了洗车、代驾等行业，解决了很多人的就业问题。

洗车行业相对容易入手，挣的是个辛苦钱，投资也不用特别大，外乡来大都市讨生活的人，开个夫妻店，租用一个比较廉价的门面房，再有一些必要的手续，就可以营业了，如果能够再雇上几个小伙计，那说明干得不错。

可也别小看了这个洗车行业，很多门道在其中。做得好的采用会员制，同时经营汽车美容、保养、修理，售卖汽车的各种内饰和简单零件，代办各种车务手续、保险事务，收入也很可观。任何行业都有发财的，也都有干赔的，笑脸相迎和死眉瞪眼，效益当然大不一样。

过年前后，是洗车业较为繁忙的时候，哪个车主都愿意开着干干净净的车去串门儿，那时去洗车都排不上队，很可能还会涨些价格。天寒地冻的北方冬天，前面擦车后面就冻冰，洗车人的手都冻成了胡萝卜，真是不容易。

夏天时很多车主的洗车经历是，不洗车的时候总是丽日晴天，一旦洗车准会下雨，把刚洗好的车淋湿，把心情也连同弄脏。要是不知道下雨也就罢了，偏偏很多人看了天气预报，知道第二天要下雨，甚至抬头看云，黑云翻墨已经遮天，但是这车也还是要洗，必须洗。

为什么必须洗呢？因为好事和窥探欲，所以我对好几位雨天洗车的人做了采访，他们大约是这样回答的：

洗车是一种生活梳理，就像好的厨师做了饭必须收拾好灶台，家庭主妇不做好卫生就浑身不舒服，至于下雨弄脏车，那没关系，等雨过天晴，再来洗嘛。

再说洗车话题

电台预报天气,根据雨雪的概率还会有"洗车指数"的说法,但车该洗还是要洗的。

而洗车的种种情形,也是因人而异,因车而异。

比如过去那些职业老司机,他们给汽车做保养换三滤之类,从来都是自己做。那时候的司机除了开车之外,一般都会修车。当然擦车洗车这样的事情都更是自己做。职业司机每天把自己的汽车擦得锃亮,不出车的时候就擦车,里里外外都是洁净的。所以,让他们花钱去洗车,他们不是心疼钱,他们认为简直是耻辱,自己的车,还要花钱去洗,岂有此理。

也有不少人从来不洗车是因为钱,也是因为他们驾驶的车好像已经没有去洗的价值。不少面包车近乎废弃了,从里到外都是脏乎乎的,为什么要去洗车呢?不仅要花去好几十的洗车费用,同时这车可能是用来拉废品的,开车人为了便于干活,也每天穿着和车相协调匹配的肮脏的衣服,好像这样的车就不配去洗似的。时间长了车实在脏得不像样了,就自己用脏毛巾擦车,擦不掉的话,就往上泼点水吧。

人有不同的性格和价值取向,车也有大有小有好有坏,小轿车和大型越野，洗车的价钱都不一样。洗车的频率也有点像人理发，有的人两个月才理一次发，有的人二十天就要去剪剪头发，所以车隔周洗也可以，每周洗也可以，全凭自己。

　　我有一个朋友又是另外的情况，他自己有个院子，那次邀请我参观的时候，他拿出高压水枪，对着自己的车喷射，他一副很满足的样子跟我说，车为什么让别人洗呢，我自己洗就行了，这不是劳动，这是人生享受呀。

叫醒你的那个孩子

成年人很难和小孩子一般见识，因为他还是个孩子嘛。

高铁商务舱里，正是中午时间，很多人吃过了午饭，就把座位放成一个床，睡了。在车上睡觉很香甜，但是睡不平稳，很多人梦中听见有一个小孩子在那里大喊大叫，于是就醒了。睡觉时被吵醒，不是个小事，很多人会因此而发怒。但是发现在那里叫喊并欢快跑来跑去的是一个小孩儿，那怒火就不好发了。跟孩子着急，太没风度了，给孩子讲道理，孩子又不是自己的，讲不好还要闹误会。就什么也不说了。

孩子继续大声地呼喊着，他的姥姥和姥爷也正在和列车员交涉补票的事。我旁边的人气哼哼的，他被那个无礼的孩子惊醒以后一下子坐了起来，他坐了一会儿，就把头朝着窗外看路上的雪景，看了一小会儿，他自语道，干活吧。于是打开了笔记本电脑放在腿上写东西，过了不久，那个孩子和他的姥爷一起下车了，旁边的人也没有再选择睡觉，而是继续写东西了。

这样看来，那个孩子来到车上，似乎他的使命就是吵醒别人。

而该感谢吵醒自己的人。如果没有一个这样无知的孩子的吵闹，一车的人就都会睡下去。孩子，永远是孩子才会跑出来报警，他看到你没有看到的东西，或者他说了你不敢说的话，或者，他在无意中的胡闹，竟成为了一句箴言，那个孩子喊，不要睡啦，都起来。

宽容一些吧，无论在哪里，那些吵醒你的人，他还是个孩子。

科技生活

那年我在清华大学的课堂上，一位老师讲，因为科技的更新，人们也许很快就不再用微信这种东西了。

也是，社交工具几年以前普遍还用QQ，使用BP机和大哥大的年代，那些趣事和新奇的心情，现在想想，真是梦境一样。更早的当年，家庭装一部固定电话要等一两年，公用电话每个村子能有一部手摇式的。科技改变生活，科技就是生活的一部分。取代微信的社交工具究竟是什么，现在普通人还不知道，不知道才有意思。就像古人可能无法想象有电灯、电视、网络，他们不知道，但是他们并不可怜。很多东西知道的时候就是拥有的时候，不知道不可惜，也用不着想入非非。拥抱现在的生活，并被生活拥抱。

科技就是生活，而且很具体，很人间烟火。人们不仅离不开手机，各种电子产品的充电线和充电宝都得随身带着，要不然这漫长的一天实在支撑不下来，哪个咖啡厅里如果插座充足，就更能吸引客人。

过去人们在外找卫生间是个很紧要的事，现在，网络是人们到一个地方首先要寻找的东西，其次才是卫生间。"内急"让位于

"外急",人们如果不跟外界有连接,好像都活不下去,大声地喊着 Wi-Fi 密码,连接上了,好像才能停止焦虑。

而 AI 系统和很多不同样子的机器人,已经开始介入人们的生活。棋手下不过机器人,可能尚且是个运算问题,机器人已经能写出有情感和温度的诗歌了,这对人类关系是颠覆和挑战,人真的可能和机器人谈恋爱了,机器人也真的有可能取代人了。这样的话题让人不敢想。

宁可不吃早餐

很多年轻人早上不起床。在外面开会学习,比如会议是九点开,他们一般是在八点五十才不得不起床,以最快的速度爬起来,洗漱、穿衣、奔跑,九点就能准时出现在会场了。在宿舍里的大学生很多也是在做着大同小异的事情。

他们其实漏掉了很重要的一件事,那就是吃早餐。

为了能多赖一会儿床,他们宁可不吃早餐。

这样的事情很少见吗,其实并不少见。太阳升高之后,多睡反而无益,而不吃早餐,对身体不好。道理显而易见,不吃早餐的年轻人亏大了,但是在那一时刻,他们管不了那么多了,再睡一秒钟都是享受,吃什么早餐,就算在梦中被割了头,他们也管不了那么多了。

因噎废食,是说遇到了一点困难,就放弃了具有递进关系的更重要的事。而"因睡废食"呢,是为了一件平行的事情而放弃另一件事,吃饭和睡觉同样重要,在一定意义上,好像吃饭更重要,因为吃饭是摄入能量的。那凭什么为了睡觉,连吃饭这样的事都能放弃了?

睡觉是个惯性行为,很多人和这样的年轻人一样,浑浑噩噩,靠着惯性，一睡就睡过去了。一睡就到太阳老高，老是睡不醒，一睡就是半生，之后也会后悔，大半天转眼就过去了，大半生转眼就过去了！

年轻人起来之后其实就开始饿了，这时候他们开始四处找吃的，不管是什么，匆匆果腹。他们不仅要吃，还要上卫生间，该做的事，其实哪一件都少不了。而浑噩了大半生的人，大梦一场，也只能感叹天凉好个秋，不睡那么多懒觉就好了。

没有人不想回家

比如说,让大家先想象一下一场旅行的去和回。绝大多数人会认为,去的时候人们一定是欢欣鼓舞的,出发前夜兴奋得睡不着也是正常的。谁会对一场旅行不充满期待呢?而人们也会觉得,快要回来的时候,旅行的人们一定会是恋恋不舍的,心情可能会沮丧。

事实真的是这样吗?每一个假想者,也都曾经可能做过旅行者,返程的时候,你也是这样的感受吗?其实不然,在返程之前,人们同样也是欢欣鼓舞的,不是因为要到未知的奇妙的地方,而是因为就要回到自己最为熟悉的家里了。回家,也是让人期待的事。

人往往离开家几天可能就盼着回来了。家里的狗没有人喂,刚修好的漏雨的水管子会不会再次坏了,还有一大摊子要做的工作,这都可能是让人回归的牵挂。

在外几天,就会想家里的普通饭食,想晚上读书时坐的那把藤椅,习惯了。吃大餐、住豪华酒店,长了还真不适应。这些表现可能会被人归纳为"想家了"。除此之外,也有旅行带来的疲倦,上车下车,拍照,接着上车下车,喝酒交流,这些也确实不轻松。

　　既然出去了就想着回来,那不去行不行?那当然不行!如果人不是在外面,怎么能体会到"想回来"是个什么滋味呢?而哪一次回来,不是为了下一次再出发。

　　乐不思蜀的人有没有呢?当然也有,有的人出门流浪式的旅行,可以持续几个月也不想回来。也许他不是真的不想回来,他只不过是在外的时间还不够久。没有人不想回家。

驱动感

"驱动感"和"操控感"这样的词汇，好像是汽车专卖店的销售员常用的：先生，这车您开起来，您体验一下，这种驱动感，这种操控感，怎么样？

相关联形容汽车好的词儿，还有汽车广告里的"澎湃动力"，听着这样的词汇，能想起驾驶时风驰电掣的样子。

所谓驱动感给人带来的美好感受，通俗地说，应该就是普通人说的"过车瘾"。劳动是光荣和快乐的，开车不仅是干活儿，也是乐趣。

现在私家车几乎每家每户都有了，那时只有企事业机关单位或者公交运输部门才有汽车，司机还完全是一种职业，驾驶是一种专有技术，"方向盘"的层级，是能和"听诊器"相并列的。即使这样，很多人喜欢当司机不是因为司机的神气，就是喜欢机械，喜欢开车那种"过车瘾"的驱动感。给车打火的过程中，发动机发出的那种响声就让人心驰神往，只要把车开起来，跑再远的路也愿意。现在很多人喜欢自驾游，道理也差不多，放着飞机和高铁不坐，为的就是自驾看一路上的风景和途中的驱动感。双手紧握方向盘，目视前方，油门儿踩下去，澎湃动力之下，公路、路两旁的树木，向后倒过去……太带劲儿了，通过自己的操控驱动着车前进，就会觉得自己是人生赢家。

驱就是驱使的意思，踩油门就会前进，踩刹车就会停下，一驱就动，不驱不动，想走就走，想停就停，这让驾车的人很有主宰的感觉。

话说那天两人在高速路上行驶，坐车的对开车的道辛苦，开车的说，我过车瘾呢，看这驱动感，澎湃动力！坐车的人就不再客气，两人相视大笑。

去和回

从出发地到目的地的距离,和从目的地回到原始出发地的距离,当然是一样的,但大多数人往往会觉得,回程的时间要比去程的时间快。

这是为什么呢?主要可能是因为,去的时候前途未卜,道路深浅高低都不知道,而回来的时候就不一样了,见识过了,了然于胸,驾轻就熟产生了自信,不在话下,因而觉得快。也许因为熟悉确实就走得快了一些,可能主要还是在于人的主观感受,实际上没有快,要不然就是实际上快了十分钟,感觉却是快了半小时。也有个别情况确实是去程的时候费了周折和时间,绕来绕去,就是找不到路,这样的特殊情况,回程时间当然快,也就不用在此讨论了。

另外,从相对论的角度来说,也许可以表述为去的时候慢,而不是回来的时候快。去的时候,人们内心有很强的思想负担,焦虑,不知道是不是能顺利地到达目的地并且完成任务。而回来的时候呢,不仅对路上的几个弯、几道辙很清楚了,而且这个时候,事情办得怎么样暂且不说,至少到达的任务已经完成了,回来时内心就放松得多。

去的路和回的路不一定是一条路，这是个很深刻的道理。在一些情况下，也没有必要走回头路，因为还有更好走的路，或者走不同的路可以看到不同的风景。再有呢，走过了一段路，心境发生变化，不一定要回去了，拐了一个弯，就又是一次出发。

而且，哪怕一定要回，也不一定回得去了。比如大雪封路，山洪暴发，路走上很远，也就有可能找不到来时的路。

一天不说一句话

很多年轻人，每天打游戏看手机，把自己封闭起来，没有朋友，跟亲戚不来往，跟父母也没有太多交流，对未来的事业和婚姻也不愿意去考虑，"躺平"，过着与世隔绝的生活，吃饭都是在网上订外卖，都是在手机上就可以进行的事，所以一天也不说一句话，就算偶尔出门要打车，也是用滴滴打车那样的软件早就完成好的，根本不需要说话。

对这样的年轻人，很多中年人会替他们着急。已经不是担心他们没理想和能不能生存，过得好不好，可能就是担心他们这样长时间不说话，会不会丧失语言功能，担心年轻人这样过得太憋屈，会不会有心理疾病呢？其实中年人多虑了，年轻人过得挺好，他们就是想这样生活。

但也不能完全怪这群渐渐被淘汰掉的中年人，其实现在很多中年人和年轻人也差不多，一天也不会说一句话，如果问他们为什么不喜欢说话，他们的回答可能是嫌"累得慌"，确实，说话是最累的了。说了半天也不一定能表达清楚，表达清楚了，别人也未必听得懂，未必采纳，未必爱听。说了之后，说话的人也可能会后悔。祸从口出的道理中年人懂了，哪怕没有惹祸，但至少不要讨人嫌。所以，就不说了。

　　还有很多老年人，也是一天也不说一句话。儿女也不来看他们，他们也越来越看不懂这个变化很快的世界，老年人能说什么呢？他们不知道该说点儿什么。网络时代，老人跟不上，现在电视信号都是用网络的了，老人可能连打开电视机这样的事都不能完成。

　　当然了，这确实只是个别现象。

重要的是在路上

城市的早晨，开车从家里到工作单位，如果想不堵车，通常有两种办法。一种是早点儿出发，比如早上六点就走。这样可能六点半就到办公室了，虽然显得过于早，但是把早课从家里搬到办公室也是可以的呀，在那里看看书，开启一天完美的生活。如果因为太早了而感到困倦，也可以考虑在办公室再休息一会儿。

但，六点就出发，谈何容易呀，那至少要五点多就起床。所以第二种办法是晚点儿出发，错过早高峰。可是这也不容易做到，迟到了是要扣钱的，另外，工作时间也是有规律的，九点开会就是九点开会，晚到不可以。

所以大部分人还是会在差不多的大致时间出发，准时堵在路上。

早出发和晚出发是很难的选择，走哪条路也是。

但其实那时每条路都不好走，打开导航，看着每条路都是红色的拥堵标志，左冲右突，走不出去。人们走神、焦虑、无可奈何。

就缓慢地开着，向前的两条直行道，哪条道上车少，就想往哪条道上并，并来并去，在城市里穿梭犹如画龙，弄不好还会撞上。人们还会设想，换一条别的道路也行，尽管知道别的路可能也一样会堵车，还是想尝试，不是因为别的路好走，就是因为想逃离当下的路。有时人们会在直行路上看到左拐或者右拐的路好走，犹豫一下，还是拐了过去，虽然路是走错了，但毕竟是不堵车呀。

到达当然最重要，但有时真的也不重要，重要的是在路上。宁可走错，不能等。兜兜转转，只要不堵车，在路上就行。

自己才是自己的

那些有钱人,都买大房子住,住别墅。有了湖景房还想要海景房、山景房,有了中式的还想要西式的。在自己的城市有了大房子,还想在杭州西湖边也有,在海南海边也有。说贫穷限制了人们的想象力,其实也不尽然,因为富人的这样的想法,普通人也有。

这是一种占有欲。别人有的,自己也想有。

人们说,造船不如买船,买船不如租船,确实是如此。不用去杭州和海南买别墅,因为平时根本也没有时间去住,更没有时间去打理。要知道房子空了很久,不收拾一下去住,很可能水电和网络都会出问题,还要现去调试,房间还可能漏雨、发潮,生出很多小虫。其实不管想去哪里,只要有钱,找当地最好的酒店和民宿去住就可以了,而且这次和下次住的地方还不一样,是不同的体验,想住哪里就住哪里,这不是更好吗,何必非要买一个别墅又给自己做一个壳呢?

很多女士的衣服,满满一柜子,不是为了穿,就是为了"有",很多读书人的藏书也是这样,说是"藏",其实就是占有。书不一定都会看,但是在想拿的时候拿出来,把玩摩挲。这还不算,还要在书上面印上手章,某某藏书。在电子时代,不少人手机要有好几个,相机、电脑也都有好几个,买了这个牌子的,可是还没有那个牌子的,就再买一个吧!

书非借不能读,而且不占地方。付费就能拥有漂亮民宿的一个夜晚,其实才是最划算的。

但,他们可能是这样想的,花钱买的,那是自己的呀!必须是排他式的独占,不愿意共享。

其实自己才是自己的,想明白就好了。

闯入的广场舞

在夏秋的早晨或者夜晚，很多个城市的广场，都有"广场舞"。

我很奇怪，那些翩翩舞者忘情投入，所为何来。但我想起一件往事，若有所悟。

在我年少时候，物质还匮乏，社会文化生活也还显得单调。我算是赶上了青年男女拎着大号录音机跳街舞的年代，他们穿喇叭裤、戴墨镜，跳迪斯科，劲舞热烈，逸兴遄飞。那时我还是个孩子，看着他们，我常常目瞪口呆。那年那日，在我的教室里，我们这些中学生正在召开隆重的新年联欢会，突然一群不速之客以闯入者的形象出现在教室中央，顿时把班主任老师吓得花容失色，我们这些孩子也都不知所措。为首者大声地说，借用一下时间！他们只是通知不是商量，他们马快刀沉侵入，完全没有经过同意，就用自带的大录音机放起音乐来，然后尽情扭起来、吼起来，他们风一样地来，很快，又风一样地走了。

他们为什么要那样？多年来我偶尔想起那个场面，还觉得梦境样不真实。

有人说跳广场舞的大爷大妈，正是当年的青年人变老了。他们仍然用大录音机放起音乐，不害怕扰民，也不顾及太多，自顾

· 155 ·

自地跳起来。他们不至于是学生教室的闯入者，而街心广场，也至少不完全是广场舞者的，他们占据公共场合，大胆地跳起来扭起来，好像也不完全是为了健身，而是一种表演。

健身方式有多种，为什么要在众目睽睽中跳舞？跟那些闯入教室的辍学青年一样，每个人都需要一个舞台，都需要别人的关注，哪怕是侧目注视，他们跳给自己，重要的也可能想跳给别人看。

卖掉游艇

我第一次在一个城市的港湾里看到那么多豪华游艇，是十多年前，我到澳大利亚短期访学期间，在布里斯班所见。那些游艇排列在海上，壮观神气，让我这样对于物质没有什么感觉的人都很向往。我记得那时虽然已经接近黄昏，我站在一艘游艇上看见，蔚蓝的大海之上，天空也还是澄明的蓝色，只有天边有微微金色。

那一天听同行的一位国际友人说，富豪们最高兴的是买到游艇的那一天，那种驾驶和拥有带来的快感，很爽。他还说，富豪们更高兴的，是卖掉游艇的那一天。养一条游艇的费用实在是太高昂了，卖掉了才一身轻松。

富人们养游艇，老百姓虽然没有游艇，至少也养过车，开汽车确实方便而且比自行车神气，可是养车成本也不低，光是交罚款和验车这类复杂的手续就搞得人头疼，很多人都有过扔掉汽车的决心，至少是闪念。

我的一位刚刚购置了大房子的朋友跟我倾诉了他的苦恼，并想请我帮助他来判断房价的走势，可我怎么知道呢。我劝他，何必自己给自己找麻烦，养一个大房子光是水电物业管理费用就不少，何必守着，卖掉算了。朋友说，卖掉也行，可是第一现在没有人买，第二，卖了，那我可就没有房子了。我对他说，可是你不可能什么都有呀。

那些卖掉了游艇的人回到原点，虽然心中高兴甩掉包袱，但是接下来也会惆怅，因为自己心爱的游艇属于人家了。如果他们能想得更深入一些，还能悟出一个道理，虽然卖了游艇，但是获得了钱，也获得了自由。最为重要的是，卖掉游艇的人，毕竟是有过游艇的人呀。

一生只见一次

我常常能想起一个叫老史的和我没有什么相干的人，由于时间毕竟久远，致使我的记忆可能会有一些偏差，甚至就连老史的样子我也都忘了。我相信如果现在走在大街上，对面遇到老史，我不会认出他来。我还曾经悲伤地想过，老史已经不在这个世界了。

我常想起老史，这显得很不合理，他不是美女，和我也非亲非故。但，这真的是个事实。我至今记得清晰的一个细节是，老史用他的黝黑的手端起酒杯，高声大嗓、情真意切地对我说，你这个朋友，我交定啦！

但从那个晚上算起到现在，已经有整整二十年了，要和我交定朋友的老史，再也没有在我的生活里出现过。

老史是一个包工头，在那年的过年前，为他从家乡带来的那支农民工队伍，向一家建筑公司讨薪，于是向我来做法律咨询，并且执意要请我吃饭，我坚持要付饭钱，老史就拿出了他认为的好酒，他喝酒，我喝茶，对饮了几杯。

那个晚上，老史的一腔热情，有可能是装出来的，到现在我也这么认为。他好像把我当作大救星似的，费尽心机在吹捧我。其实那时我做律师时间并不长，也并没有帮上他们什么忙，老史的表态，不过是闯江湖人的客套罢了。但老史太阳穴青筋暴起、泪珠盈盈，又让人不由得相信他的真诚。在外面闯世界的人，其实都内心孤独，如果相谈投机，被自己、被对方感动了，也是很有可能的。

老史并没有委托我打他的那场官司，那个晚上以后，老史就不知去向，我认为我想起老史，也可能是因为他是不同朋友种类中的一种，一生只见一次。

减肥鸡蛋

阿发觉得自己胖了,不仅看起来让自己不悦,就连喘气都不舒服,就决定减肥。

有人告诉他,早上吃鸡蛋减肥。阿发决定尝试一下。

阿发其实不太清楚,为什么减肥早晨要吃鸡蛋?他上网去查。他的不明白之处是,要想达到减肥的目的,那就应该是摄入的营养小于消耗掉的,吃鸡蛋增加营养,那不是越吃越胖吗?

有营养师告诉阿发,鸡蛋的营养,能够保证每天基本的营养需要,毕竟不吃饱了,哪有力气减肥呀?另外,鸡蛋不好消化,容易产生饱腹感,哪怕早上只吃一个鸡蛋,也不会感到饿,那就不会胡乱吃东西,少吃,人就能瘦下来。阿发觉得营养师讲得靠谱,于是决定用鸡蛋减肥,就告诉妻子每天早上给自己煮一个鸡蛋吃。妻子认真地想了想说,煮两个吧。于是,阿发每天的早餐是两个煮鸡蛋。

坚持了有一周的时间,好像也没有瘦下来。阿发认真地总结了一下,就算早上只吃鸡蛋,如果晚饭过于多,那看来也还是瘦不下来,所以阿发开始控制晚上的饮食。又过了一段时间,减了几斤,但效果不明显,阿发就又把下午偶尔的零食戒掉了。

看阿发每天早上吃两个鸡蛋那种噎得慌的样子，妻子就悄悄地在盛放鸡蛋的餐盘里，加上了一小块儿酱豆腐，考虑到酱豆腐可能对人体有伤害，妻子就把酱豆腐改成了酱牛肉，一片两片三四片，然后又配上了饼。毕竟，饼卷肉才是配套的，没有酱牛肉时，就改成火腿。

　　阿发吃完了饼卷肉，再吃上两个煮鸡蛋。后来，阿发告诉妻子，鸡蛋以后就不要煮啦。毕竟，营养已经足够了。

问题在哪里

我楼下的街道上,相邻着有两家小饭馆,一家门庭喧闹,一家很是冷清。

同样是小店,也在同样的地段儿,为什么会有不同的命运?我每次从那条街路过的时候,都会对那个冷清的小店投以怜悯而又有疑问的目光。

后来我仔细观察了那两家店,经营好的那家,主打"白领"群体,来的客人大多都是网上约好的,清一色的都市时尚男女,售卖的食品特色鲜明,花样繁多。而冷清的那家,不仅看起来没有什么特色,而且卫生状况一般。也许是因为生意清淡,每个人的面孔都显得不生动,这和生意好的形成了很大的反差,生意好的店每个员工都面含微笑。微笑的作用大了,一笑就花开,好像什么都有了。

读书学习也有类似问题,有的人好像不怎么读书,考试成绩总是很好,有的人点灯熬油,每次也就是将将及格,同样的老师,同样的环境,怎么就那么不一样?课堂上的学生有的在认真听讲,有的人则貌似是在听讲,一天两天看不出,时间一长,差别就大了。听讲的,越听越是入定,不听的,越来越是迷茫,两个孩子的一生，好像早早就注定了似的。这不是宿命，而是，就差这一点儿，就不一样。

当然，所谓的人生起跑线上，有含着金钥匙出生的人，可是生下来就是终点，听着很带劲儿，其实细想那还有什么意思？谁都想抵达终点，谁也不想用这样的方式一出世，就"到头儿了"。

而两个紧邻的小饭馆，真的是紧邻的，现在，已经不是光靠地点和背景这些要素的时代了，当然反过来说，如果认为这些不重要，那也还是过于实在了。

开开关关

其实不管哪个季节，气温也总是忽冷忽热的。因此窗户有时会打开，有时也需要关上，开开关关也就是常有的事情了。类似的情况，比如热了就解开衣服的纽扣，凉了再扣上，解开、扣上，如此往复。

开窗关窗，如果是自己的地盘儿，自己做主，想开就开，想关就关，全凭个人好恶和体感。但如果是公共场合，面对不同的人，那情况就不一样了。比如在绿皮火车上，有人会打开窗户透风，也有的人不愿意打开窗户，因为会觉得冷。你来了把窗户打开，他来了又把窗户关上，这是另外的一种开开关关。

开窗除了通风透气之外，还能听见外面的声音，看到外面的世界。关上窗户，是一种抵御，噪音太吵，下雨的时候会溮进雨水来，还会有大风沙灌进来，所以关上的时候也一定有理由，合适的时候再打开嘛。

与此相类似的比如大学生住宿舍。哪怕是冬天，南方的学生早晨起来，多数希望打开窗户通风透气，把屋子里的污浊空气放走。而在北方人看来，大冬天的早上要打开窗户，屋子里的这点热气都放走了，匪夷所思，绝对不可接受。他们都没有错，因为从小就是这样。

开车手里把握的方向盘,左三下、右三下,右三下、左三下,总是处在不同的调整之中。停下,又启动,是因为到达了终点,或者又要出发。

胖了,就会松一下腰带,瘦了,那就把腰带紧一下,松了又紧,紧了又松。

天上飞的大雁,一会儿排成"人"字形,一会儿排成"一"字形,而在夜里睡不着的人,一会儿向左,一会儿向右,一会儿仰卧,一会儿侧卧,辗转反侧。

总有一个场所可以用来捉迷藏

阿发的长子小时候就喜欢玩捉迷藏，捉迷藏的孩子长大成人，继续和阿发捉迷藏，暑假也不回来，打来视频电话说，爸爸，你猜我在哪里？阿发说猜不到。长子说我跟同学在国外呢。阿发也无可奈何。

阿发中年得子，他本来是想再要个闺女的，却还是儿子，现在也上了小学了。小儿子最喜欢的游戏还是捉迷藏，没上学的那会儿就缠着阿发玩儿，一会儿藏在衣柜里，一会儿藏在窗帘后。就算家不算小，藏来藏去，也没有什么新鲜地方可藏了。小儿子上学以后也长高了，目标大，就更不好藏。阿发对小儿子说，爸爸小时候在农村，那才好玩儿！玩捉迷藏，可以藏在麦田金色的麦浪中，在晒粮食的场院，在高台上的村庄胡同，可以藏的掩体很多，你这个城市长大的小孩儿，跟你说你也理解不了。

这年秋天，小儿子上二年级了。楼下的一个大型商业设施闲置好久了，正在重新装修，那个商业体的门前，有很大的一片空地，算是个广场。精力旺盛的小儿子放学后天天在楼下玩耍。这天，阿发结束应酬早，把车停在广场前，想看看小儿子是不是在。

小儿子看见了阿发，因为他突然出现而惊喜，高喊，爸爸，咱们捉迷藏吧!

广场旁边有一条小河,河上有一座天桥,桥边有很多准备用来开夜市用的铁皮房子、摊贩用的棚子,看起来不仅能承载捉迷藏的孩子,连乡愁都可以承载,因为真有点像过去的游戏环境。阿发这个中年人和小儿子玩得通身是汗。细心去发现,总有一个场所可以用来捉迷藏。

此门不下客

在一个高铁站忽然发现一块牌子上的八个字：落客区域，即停即离。

"落客"，是乘客忽然降落了，心情失落了，流落他乡了？落，还有丢的意思，把客人给弄丢了？是主动丢的，还是被动丢的？

其实也大致明白这两个字的意思，就是这里是乘客可以下车的区域。

客人是乘坐汽车到了火车站，先是汽车的乘客，并马上将成为火车的乘客，虽然客人只是在不同的时段成为不同性质的客人，但是那八个字是火车站写的，火车站以主体身份要求汽车即停即离，并规定了客人只能在指定的区域下车，如此看来，好像这是火车站多少有点拿客人当外人。

还能有比"落客"更清楚的表述吗？类似的情况比如在高速公路的收费口，很多地方写着：闯杆、逃费。闯的不是杆，逃的也不是费，是汉语言在面对新的情况新的事物的时候，显得能力不足呢，还是现在的人得过且过，不求甚解？

在无人售票的公共汽车上，还看到过"此门不下客"的横标，因为无人售票的公共汽车，有一个门是给乘客上车的，另有一个门是用来下车的,那么用来专门上车的就是写着"此门不下客"的门喽。不下客,是不是要下小猪仔呢?哪怕写上"此门不能下车"也好呀,至少下的是车,不是客,客才是下车的主体。

还可以换成"上车专用门"或者"下车请到后门"似乎都比"此门不下客"要好,直接行不通,换种角度和方法,也是可以的。生造语言词汇,不可取。很多事情其实相类似,不能想想就干,甚至不想就干。

滑雪去

他们告诉我，滑雪叫做"白色鸦片"，这是因为对比高尔夫叫做"绿色鸦片"。在滑雪场上、高尔夫球场上，上瘾是基于对游戏的迷恋，以及对自然风光的贴近，山河壮丽，人在其间，很有存在感。

滑雪的人从四面八方赶来，住在雪场的酒店里，他们一般早早就起来，早上的雪，不论人工还是天然的，是最肥沃的，最好的。因为早上的雪，还没有被游客光临过，晶莹的雪，暄腾腾的！来吧，从上而下，滑雪板托着人在雪道上，在山的峡谷里飞扬激情和雪花。有的人喜欢飞扬的感觉，有的人想的是征服大自然，有的人想的是被这山这雪接纳，成为世界的一部分。

下午来的人相对较少，是因为一个上午过来，那时候雪已经被压成冰板状，至少可以叫做"雪板"吧，那就相对不好玩了，但还是有不少人不分上午和下午，一天都泡在雪场，甚至中午没有时间吃饭。他们从高山上雪道的顶端滑下来之后，就乘坐缆车再次上山，然后再次滑下来。如此反复，上上下下，直到夕阳西下，一天就要过去了。

山在那里有那么多年了，雪呢，每到冬天就飘落下来。在附近住的人，一辈一辈，都是推开门就能看见山上的雪，还有雪上的阳光与黑夜。人们在雪山做出雪道和缆车，带上统一的滑板和遵循国际化的标准，几乎全球的雪场都是如此，风光可能有不同，但是标准是一样的。

  我没有滑雪，在雪场边上看着爱生活的人们在雪上驰骋，我想，人为什么总是能想出不同的游戏来，人怎么总是能有那么多的想法？

交换不是想的那样

参加各种活动时,如果发现邻座恰好有一位渴望结识的人,就走过去彬彬有礼地说,久仰大名,请您给我一张您的名片好吗?对方拿出名片来,也许就不自觉地会有一种高慢。而如果带着名片,就可以说,您好,我们交换一下名片吧?对方把名片给你,你也把名片给对方,这时你不是在索取,而是在交换。

想索取一定是要付出的。以物易物,哪怕是用青春赌明天、拿钱买情感,总要拿出些什么来才能得到。基本上会掌握一个"等价有偿"的原则。否则,时间长了,肯定会出问题。

但,交换不完全是想象那样,不是一成不变的。像"罐头换飞机""别针换别墅"的事情听起来荒诞,但在一定意义上是存在的。地域和认知有差异,双方的需求不一样,重工业品换了瓷器和丝绸,草原的草去换高山的石,可能皆大欢喜,双赢。也正是因为这样的不平衡,才有了流动和交易的可能性,才有了商机。

还有这样的情况,可能对方给你的是金子,你回报对方的却是麦子。麦子也很好,看起来和金子一样,也是黄灿灿的,而且有阳光和情感在上面跳跃。这个时候交换的物不是价值,而是附着在物品上的情感,这种交换平等而尊严,跟物品的价值无关。

有人说人一定要平等才能交朋友，说一定要等价有偿才能有市场交易，其实也不然，如果真的是那样，世界就一成不变了。

在廉价的纸张上映照免费的皎洁月光，写一首诗，也一样能赢得最昂贵的爱情。

慢一秒

生活中常见的场景，下课铃声还没有响，很多学生的书包已经收拾好，铃声一响就开始冲刺，将身体弹出教室。妈妈做好的菜还没有来得及放在桌上，甚至刚出锅，一旁焦急的孩子已经把筷子和手伸向半空。原地解散的命令还没发布，乌合之众就作鸟兽散。五点半下班的单位，四点半就找不到人了。虽然除夕当天才放假，进了腊月大家就都忙着过年，早就无心工作了。

能不能慢一秒再走出教室、再伸出筷子，这是对别人的起码的尊重，也是自己优雅得体的一种表现，也许内心也早就按捺不住了，但是这个时候谁更快，谁最早跑出教室，就会被授予百米跑的金牌吗？当然不是。着急跑的，有可能跌倒；着急伸筷子的，没准儿会挨妈妈一巴掌，要不然就会烫了嘴。

很多竞赛比的不是快，而是比慢，谁能坚持到底，谁就胜利了。比别人多坚持一秒，就赢得比赛，就赢得尊重。那些还没有下班就跑的成年人，其实是另外的一种贪吃的孩子。早走那么一会儿，也不见得是有别的重要的事情要做，可能就是觉得逃掉了，就占了便宜似的。其实每个人是不是敬业，人品如何，别人从那早一秒的蠢蠢欲动的样子就看得一清二楚，这样的人指望获得更多机会，恐怕是不现实的。别说就是早走一会儿这点小利益都会不顾风度，如果是个真利益，那还不打破了脑袋，谁敢跟这样的人合作？

慢一秒，懂得让利，懂得礼貌。有个鸡汤故事，说一个人看着一盘菜，是想把咸的菜"看淡"再动筷子。宁走勿跑，不辱斯文，地震了除外。

已经不能再排一次

在旅游景区、游乐场常常看见排长队的情况，队伍真的像长龙，人们相互跟着，缓步向前走。尤其是像迪士尼那样的火爆地方，排队排到自己，可能两个小时过去了，不管是去乘坐"激流勇进"还是"过山车"，其实过程都很快，好像坐滑梯，从上而下，出溜一下子就下来了，惊险刺激，可惜就是时间短了一些，一两分钟结束。还没有来得及咂滋味儿，就结束了，在高空的恐惧中本来还想大声喊呢，可惜也没有来得及。喊不仅代表害怕，也代表新奇和愉快呀。

如果下来的人感到意犹未尽，也有办法，再去从头慢慢排吧。两小时缓慢排队，两分钟体验和感受。不值得，好像。

但，工作了一天的人，筋疲力尽的，再做完了家务，哄睡了孩子，夜深人静的那一点点时间，是属于自己的片刻的欢愉和宁静。辛苦了一年的人，提早就做好准备，过年时的团聚，是一家人最重视的时刻，因为只有在这个时候才叫阖家欢乐。也有一些家庭选择在暑假的时候去旅行，孩子也许不觉察，父母亲为了这次旅行，要左躲右闪，提前很久就请假，说不准还要悄悄攒些钱。但正像"激流勇进"很快，整个假期也很快，刚刚外出，就结束了。

人的一辈子，好像也有类似的地方呢。很不容易地奋斗了这一生，退休了之后还要给自己的孩子看孩子，也可能身体差了，开始吃药，到处求医，闲不住。能有的晚年的欢愉时光，是宝贵的，像在景区排队的游客，来人间一场，老老实实地排着队，向前走，终于，可以轮到自己了。

其实已经不能再排一次。

中　年

我意识到自己人到中年，是在我四十岁以后这几年。

这几年我看文件要放在很远的地方，把书和手机屏幕举起来很高，起初我不知为何如此，一位老人对我说，不用纳闷儿，你的眼睛花了。我的腿脚也有明显的感觉，最明显的是膝盖，如果蹲下再站起来，感到酸痛和劳累。

我的体力也不如二十多岁那时那样容易恢复，我常常在夜里读着书就睡着了，并且在第二天醒来的时候，仍然感到疲劳。

四十岁以后我的容貌也开始改变，我的两鬓开始变白，虽然还是细微处，但是已经有点儿气势和规模了。我的眼角开始松弛，目光也变得柔和。

而中年的感觉更多是来自别人的眼光，那次我去鲁迅文学院脱产学习，要经过一个健康体检，那位医生一定要问我体检的用途，是去找什么工作时用，我只好说我是去上学。上学，那个小医生差点跳了起来，你这么大岁数了还要去上学？他的惊诧给了我很大的打击，但我还是平静地接受了，我说，是啊，我上学。

在我所从事的法律服务行业里，我的前辈们开始渐渐退出，我也早就转到幕后，我的学生已经带了不少学生，几年就是一个时代，儿子已经比我高很多，他的气息生猛，青春而鲁莽。我常常猛然就心惊一次，呀，转眼就人到中年。

但是我觉得这是我最好的年华。体力在下降，但是心智毕竟还是在成长，况且就算是骑上自行车，还能玩儿大撒把。

时光留不住。没有别的办法，把时光转成文字，也就心安。

自己也就过去了

独木桥上的两只羊，谁也不让谁，四个犄角抵住，最后都掉到了水里，如果没有掉下去，那就先成为风景，后成为化石。

一条窄路上会车，互不相让，最终可能对峙很长时间，谁也过不去——但正像哪怕最为复杂的纠纷也会都得到解决，没有什么事情是时间解决不了的。路一定不会被这两个车堵住。谁熬不住，谁就撤了，一个等着娶媳妇的人，肯定不会跟对面的没事干的人耗下去，倒车走人，这一点儿也不丢人。

相反的情况也有，我就看到过。一辆劳斯莱斯和出租车对峙了好久，是出租车先让步了。起初二人互骂，谁也别走，谁走谁是小狗！看起来开豪车的人也像是有正事办的样子，但为了和出租车赌气，他干脆不走了，打电话给下属交代了一番，而且还让下属给送午饭来，就准备不顾富豪的脸面，跟出租车拼了。出租车一看这个架势，赶紧求饶。出租车耗不起呀，虽然富豪损失一定更大，但出租车一天不去拉活儿也不行，车是租来的，自己的生活要维持，就得营运。

所以看来，也没有一定之规，强有理，弱也有理，强也有弱的时候，弱也有弱的优势。

在城市的很多狭窄的路上，路两边可能有小摊儿，也可能停满了别的车，别管是行人，还是骑自行车的、开车的，谁想经过这样的路段都不容易。在对峙和错车的时候，常常无法分清该谁来后退。退一步海阔天空的道理大家都知道，但真让谁退也不容易。

但总有一方会退后，其实不是后退者懦弱，也不是后退者高尚，其实只是退一步，不仅对方能过去，自己也就过去了。

喝茶看书，等等吧

在不少文学作品里，很多女顾客会喜欢上理发师和裁缝，其实并不偶然。理发师和裁缝会让女顾客变美，这是一个重要的方面，另外就是他们能揣摩人的心思，会交流。很多人理发都有自己固定的理发师，就是因为能相互信任。

也有不同的情况。一位陌生的顾客走进一家陌生的店面来，问能不能十分钟内就可以开始剪发，或者能不能三天就可以取货拿衣服。店主说，那不能呀，做不完，您看这还有好几位等着呢，手头的活儿也太多了。顾客会因此有强烈的对抗感，还有基于甲方市场的优势感而产生的被辜负感，心中暗想，好吧，有什么了不起呢，我花钱还愁找不到人给做吗！并且在嘴上说，好，那我就去其他店看看吧。

其实，比如在过年那样的特殊时期，顾客知道这个时候来理发，别说等十分钟，就是等一个小时能轮上自己就不错了，也知道自己离开这家店再去找另一家店，也基本能断定理发师不会正有时间，与其去找，还不如等下去，屋子里暖暖的，比在风中徘徊强多了。

谁让顾客是上帝呢？哪怕过年期间是服务方市场，顾客也没有别的要求，顾客此刻就是想矫情一下。所以，就理解他吧，店主可以说，您先别着急，进来喝杯水，您是喝一杯咖啡还是红茶？马上就给您剪发，顾客其实也明知这个"马上"可能相对较为漫长，知道一旦坐下来等，也就不能再去别处了。可是自己受到了尊重，这时候等十分钟还是一小时开始已经不那么重要，重要的是自己很满意地坐了下来，屋子里真的是暖暖的，就边喝茶看书，边等等吧。

每个人都是独一无二

有个成语叫做人各有志，说得不错，大家的想法不一样，生活目标各不一样。你认为好的，在别人看来未必就值得付出。

一位老板挽留业务骨干，跟他谈了很多理想，对他讲了很多要看长远不能看眼前的话，鼓励骨干要和公司共进退，最后还是说，你要有理想呀！骨干讲，公司是你的公司，理想是你的理想，我想拿到现钱，离开这里重新开始才是我的理想。

一位文学界的高手在讲课时郑重地告诫其他学习写作者，你们要站得更高，要有大境界，要有大理想，写出大作品，才能上大刊物并且获奖。一个学员站起来回应，那是你的理想，但那不是我的理想，文学具有多种功能，文学可以成为记录社会真相和个人生活的途径，可以用来图名图利，但是对于我来说文学就是一种抒情作用、娱乐作用，跟写日记、唱卡拉OK没有太多的区别。老师讲，你难道不想获得诺贝尔文学奖，难道不想至少比自己过去写得更好？学员说，获奖是你的理想，写得是不是更好，需要时间来检验。文学也确实有不同的功能，学员和老师说的都不算错。

难道人不应该去挑战自我，去挑战更高的追求吗？也许应该，因人而异。不是谁进入了商界,都可以成为首富;不是谁去了奥运会都是冠军。重要的是参加。如果人的理想一定是当首富和冠军,也许你会痛苦一生,看来是做不到了。

没有谁比谁更厉害的比较,每个人的人生都是独一无二的。

哪怕无处安放

这个话题，好像有点儿沉重。

几年前我和一位当年已经八十岁的老者聊天，老者家的墙上挂着一幅老夫妻的合影，老夫妻穿着晚礼服和婚纱，笑容灿烂。有一段时间比较时兴老年人补拍婚纱照，老年人别说婚纱照了，有的在年轻时代连个正式合影也没有，老了有时间了，也有经济条件了，补拍一张婚纱照，情理之中。

尽管老者直说多此一举和丢人，但是他还是未能免俗，婚纱照不仅拍了，而且挂起来了。

我们谈话的内容是在高兴的基调中开始的，但是谈着谈着，就有点哀伤。老者说，也没有什么意思，过两年我们没了，这张照片都没有地方放！我稍稍沉默马上说，哪能呢，就算有那么一天，您的风采儿孙们也要存着纪念呢！我说得很轻松，甚至想说得幽默一些以便于把气氛留在好的调子里，但是老者还是说，照片那么大，将来都没有地方放！又补了一句，而且怪吓人的。

我就觉得也无话可说了，老者自己还继续冷静地说，到时候孩子们把照片摘下来，随便扔了烧了，也管不了啦。

一个月前，我和一位年约五十岁的学者交流了类似的问题，这次不是照片，而是日记。这位老兄写日记很多年了，日记写了有好几百万字了，他的结论是要把日记公开发表。最后他说，不怕！我不知道他所说的不怕，是不惧怕死亡呢，还是不惧怕曝光日记里的隐私。如果有的人不想发表日记，到时候，那些日记，也是无处安放，就算公开发表了，其实也还是无处安放。

但相信学者的日记还会写，老者的照片也还会挂着，生命是段灿烂的过程，不要想太多。

其实你很好

坐在台上讲课、站在台上表演,能不能讲好、表演好,重要因素之一,是观众的反响如何。

这好像是一个悖论,如果讲得好,反响自然好,如果讲得不好,那反响当然就不好。不能说反倒是因为观众的反响好,才能讲得好。凭什么人家会有好的反响呢?必须要有两下子才行。反响二字,已经把这个问题说得很清楚了。叫好,反响,实在是一种反作用力。

但什么叫做越战越勇呢,什么叫做琴瑟和鸣呢,什么叫做"人来疯"呢?如果表演刚开始,一上来观众就给你碰头彩,那后边的表演就完全不一样了,演员由此自信,观众更加喜欢,演出肯定就是成功的了。有个内行的话叫做观众好。观众好是什么意思?其实就是观众懂戏懂行。还有个词汇叫做对牛弹琴,牛很无辜,表演者也一上来就失败了。

对信任自己的老观众,可以铺平垫稳,观众能等。到一个新地方,就必须选个火爆点的节目,把场子 hold 住就是一切。如果时间和节奏没有对上,那就再调整一下,开场哑火了,后面调整好也能后来居上。

那天听一位老师的演讲,我坐在第一排。我没有表现出非常热烈的状态来倾听,实际上是因为我头一天晚上熬夜写了一份法律意见书,确实有一些疲劳,并不是演讲者讲得不好。我看出演讲者的疑惑,她三次停下来提出,我讲得是不是不好,咱们是不是要换一个方式?演讲者的意识很敏锐,她试图做出改变的态度也很积极。但我还是对她说,请你讲下去,其实你很好!

也别太在意,在困难的时候再坚持一下,其实就好了。

让别人先吃

一个不懂事的孩子在餐桌上的表现，往往是只顾自己吃，在物质贫瘠的时候，为了吃到宴席上不多见的食物，几个小孩子也许还会争吵起来，哭起来。

我听到过一位父亲告诫从餐桌上下来的孩子，你想吃对虾，简单的办法是直接用筷子夹一个给自己，智慧的办法是先夹一个给别人。

孩子不解，问，然后呢？父亲说，没有然后了。看到孩子没有听懂自己的意思。父亲说，你给别人夹了一个对虾，下面就会有别人给你也夹一个了。

孩子想了一会儿，说，那人家要是不给我夹呢？父亲说，这个时候你再自己夹一个，也是可以的。因为你先照顾了别人，别人当然也会照顾你，别人如果不懂回报，你自己动手也不会显得不礼貌了。

孩子还有问题想问，于是他鼓起勇气继续说，那如果只有一个对虾呢？

父亲完全不假思索，说，那你就不要吃了，让别人吃。如果你懂得谦让给别人吃，你以后就会有更多的机会了。

孩子说，这样多虚伪呀，想吃就自己动手，直接点儿有什么不好，你给我，我给你，繁琐复杂，自己管好自己，不好吗？而且如果机会只有一个，我为什么要让给别人呢？

父亲的回答就像我现在的文章，不好进行下去了。实际上，他是想教育孩子懂得谦让的美德，谦让不要回报，他的教育如果到这里为止就好了，偏偏还要把自己的人生哲学说给孩子，有点智慧，也有点市侩，也许这位父亲也意识到了这一点，所以，他后来就对孩子说，有饭大家吃，有钱大家赚，以后你就懂了。

躺下与坐下

一个社会中的人回到家之后,躺下或者坐下,也许就决定了他人生的走向。

喝了酒的,累了心的,回到家之后,要么躺在沙发上,或者直接就躺在床上了。这时候的人的心态,也可能是什么也不想了,工作了一天,休息、躺下来也是情理之中的事情。也可能更多的人的想法是,躺一会儿就爬起来,爬起来还有好多事情要做呢,比如学习、工作、写作,等等。

但结果还是就睡着了。半夜醒来发现自己人在沙发上,此时万籁俱寂,睡眼惺忪,干脆就转移一下,到床上睡了吧。或者直接在床上的人,半夜醒来发现衣服都还没有来得及脱掉,此时没有更多理想和追求,先把衣服脱掉,先睡了再说吧。

不直接躺在床上而躺在沙发上,上了床也不肯脱掉衣服,是因为心底还有一点挣扎,不脱,一会儿还要读一点书呢!但是酒精的作用和沉重的压力,还是能战胜人的眼皮,不是自己不争气,是眼皮实在撩不起来了。躺在沙发上的人,可能也不是直接就睡了,他打开电视胡乱地看了一会儿;躺在床上的人,也不是直接就睡了,他也拿出书,乱翻了一阵。都市的欲望里,电视和书,理想与惆怅，燃烧睡意沉沉。

  而还有的人，回到家之后就直接坐在了书桌前，晚读生活直接开始了。累了就把宣纸铺开，用墨润足气韵，点染诗意生活，一切都才开始。

  有的人回家后在跑步机上跑起来，把手里的哑铃举起来，一二三四，二二三四，换个姿势，再来一次！信念在一次次的托举之中升腾又沉淀，写字或者健身，他们想要一种更好的生活。

忘　了

过去有一则新闻，养老院里的一位老人和另外一位老人吵起来了，他怒不可遏，到管理人员那里投诉，临到说的时候，却已经忘了是跟谁交恶，又为了什么。有人说，老去的日子多么可怜，把日子过得这么浑噩，连愤怒都可以忘了是因为什么，这不是太没意思了吗？

不管是不是有意思，事实如此，生活中不仅是老年人有这样极端的例子，很多人都是这样，活着活着，就把很多事都忘了。

比如说，一些事情是发生在去年呢，还是前年呢，或者就是大前年呢，忘了。日子确实匆忙又雷同，认真地想好久，却也未必想得起来，甚至冥思苦想大半天，也想不起来早上吃了什么。

父母的生日忘了，自己的结婚纪念日忘了，孩子的家长会忘了，客户的嘱咐忘了，老婆的发型忘了，很多人或者是事情多力不从心，或者是年龄渐大记忆退化，要不就是饱经世事而麻木不仁。

养老院的老人很可能是患了老年痴呆了，所以忘了很多，忘记不快、烦恼和仇恨难道不好吗？

在静夜里能忽然想起多年前的梦想或者天真，想起同桌的你或者远去的小伙伴。人不能太喧闹，太闹的时候，人生得意的时候，可能想不到这些。回到出发的地方能想起儿时，回到母校于是想起青春和爱情。如果不回去，可能就想不到。人不仅要能安静，还要能回得去。

　　记住别人的好，忘掉别人的不好。或者忘掉别人的不好，也忘掉别人的好，如果他真的对你好，他也不需要记住。把什么都忘了吧，相忘于江湖。

我做一件什么样的好看

常常会有这样的情况，去做一件衣服，或者要去剪一个头发，顾客问店主，你说我做一件什么样的好看，你觉得什么样的发型适合我呢？

这时，理发师、服装设计师往往是这样说，那就看您喜欢什么样的了，您说了什么样的，我帮您设计，包您满意。

其实这样的回答，非常让顾客感到失望，甚至有挫败感。

设计师和理发师为什么就理解不了顾客的心思呢？顾客如果能说上来他想要什么样的，他干什么还要问呢？顾客内心当然会有期冀的图景，他虽然略有茫然，但实际上充满了期待和羞涩，顾客不自信、不敢、不好意思，也没有足够的能力说出自己的愿望，他其实希望自己的愿望被设计师说出来。比如，你身材这么高挑，适合穿一件长款裙子；您皮肤这么白，不穿一件露出莲藕一样胳膊的上衣简直太可惜了！这样说着，顾客听了心花怒放，并且可以坦然地说出她的想法了，我想穿一件短裙，我是不是也可以留起来就像杨幂那样子的发型！嗯，对，你跟她气质差不多，可以！

这样双方都打开话匣子，就很好沟通了。

在顾客的心底，早就有了自己的假想，他最为需要的，是设计师能知道他的心思。在这方面，媒婆显然要比设计师做得好得多。如果喜欢谁自己就能直接说，那还要媒婆干什么？同理，顾客的心思，需要在和设计师的共同交流中一起完成。这个世界人和人的关系就是相互的服务，如果都能像优秀的设计师一样去体谅别人，了解对方的内心，那有多好。

行百里者半一十

大家公认的一句话叫做行百里者半九十。意思是说，最后的一小段路非常难走，那一点点几乎相当于一半那么大的分量，前面的百分之九十也只能算另一半。这话确实不假，民间关于盖房子还有"房子上盖儿，活儿还有一半儿"的说法，是说房子主体工程都完成了，甚至都"上盖儿"了，整个工期才完成了一半儿，后面还有一半儿的事情。还别不信，其实真的是这样。

我却反过来，想说行百里者半一十。

什么意思呢？这不是标新立异，其实也早有相关的说法，比如，万事开头难，好的开头是成功的一半，新官上任三把火，头三脚难踢……开始才是最难的。写文章，有了好的立意，甚至有了一个好的标题，后面就会文思泉涌、下笔千言了。其他艺术形式也是如此，创业也是如此，好的创意好的点子有了，并且迈出第一步，打响头炮，后面的事情就好办得多了。

从开始就想放弃，肯定不会成功的，有没有这样的体会呢？赶场看节目，本来出来的就晚了，还有半小时就开演，是放弃不去呢，还是坚信能赶到？别想太多赶快出发，走下去，基本上能赶上。足球联赛的保级或者夺冠，有时候会有很复杂的关系，不仅自己需要赢球，还需要竞争对手输给别人、其他球队平球等各种情况出现，于是觉得就算自己赢了又有什么用？干脆放弃了，到最后才发现那些看似不可能发生的事情都发生了，所差的就是自己的球队没有赢球。

机会是把握在自己手里的，先开始，把自己的事情做好，应该发生的事情就都会发生了。

与人相处

人们从不同的房子里不定期地走出来，喂马劈柴，贩卖手艺，求学求生求爱恨，看山看水看冷暖，就构成所谓的社会。

每个人都有一张自己的面孔，没有一个人和另外一个人长得一样。在熙熙攘攘的大街上，高的矮的，胖的瘦的，放眼看去，细看会想，为什么会是这样？

每个人的性格也不一样，有人深沉，有人奔放，而性格也不是一成不变，有的人忽然就像变了一个人一样。改变性格的人，也许是因为一个挫折、一场恋爱、有了信仰和追求，或者就是，书读多了、事经多了。

人和人不一样才有意思，才构成世界的精彩，都一样，都可以批量生产，那不是人，那叫种类物，丢了可以再买一个。

人和人的相处太难了。难就难在不一样，既然每个人都有一张不同于别人的面孔，那每个人也就有和别人不一样的性格。

正像矛盾和冲突才构成戏剧，人和人的相处，人和社会的共存，猜疑、误会，有时爱，有时恨，有时走高，有时走低，这才是人生。戏剧只是人生的投射，有意思的是人生。很多人相互一生不投缘，甚至看着就"不顺眼"，也有人在一起，怎么着都觉得舒服，这就是缘分。

  我写这篇文章的时候，是在早晨的公共汽车上，有人在高声说话，有人在低头沉思，每一个人我都感到熟悉而又陌生，我不知道我是不是曾经见过他们其中的人，也许我曾经和他们中间的人有所交集，但是时间长了已经忘了。我尽量安静，管好自己，我的愿望是，如果我需要开口说话，也要彬彬有礼，让大家认为我是一个好相处的人。

不如卖豆腐

有句俗话叫做"夜晚千条路,清晨卖豆腐"。

说那些没有勇气和魄力的小人物,在夜晚憧憬未来的时候,简直是激情满怀,可以做和要做的事情太多了,理想丰富多彩,在一个晚上觉得自己可以有一千种道路选择,每一个都充满诱惑。

但是,天亮了,梦就醒了。

该做什么还是要做什么,推起自己的小车,还是叫卖豆腐去吧,毕竟是老本行,没有风险。夜晚的那些设想,哪一个都显得困难重重,如果赔了本钱怎么办,如果得不到未来再搭上现在怎么办!

还有一句俗话叫做"赖汉子盼七十二个明年"。每年都有愿望,偏偏每年都不能实现,偏偏还会义无反顾,下一年,明年!

与其对比,每一个清晨,勇敢地顶着烈日和寒风,卖豆腐的人用清脆的叫卖声打开自己的人生又一个页码,这不是很可贵吗?很多人在清晨没有起床,或者浑浑噩噩地不得不起床。害怕丢了本钱的小人物并不可耻,他们勇敢地过自己的人生,总该有人去卖豆腐,他们为生计所迫,也乐在其中。清晨卖豆腐的人至少获得了早晨,还有很多人蜷缩在被窝里,什么也没有做。

赖汉子盼七十二个明年，他们的特点一个是"赖"，一个是"盼"。"赖"在得过且过，连起床都做不到，舒服一秒是一秒。"盼"在不切实际，他们只是盼望，只有愿望，没有行动。谁不愿意明年过得更好呢？但是天上不会掉馅饼，不撸起袖子加油干，盼的就只能是个运气。

不如去卖豆腐，但赖汉子看不起卖豆腐的。

减肥和读书

很多人希望有个苗条的体形,一个是追求美,一个是从内心里觉得,人如果连自己的身材都管理不好,实在是没有追求。

常常听到有人发出疑问,吃什么减肥?这样的问话就像那个并不可笑的笑话,说减肥每餐吃一片面包,那请问面包是饭前还是饭后吃呢?

吃什么减肥简直是个伪命题,因为理论上不吃或者少吃,才可能将体重降下来。可是不吃,或者只吃很少,这就太难受了,吃饱了不想家,不吃饱了晚上睡不着呀!还有没有别的办法?那就是大运动量,比如说一天一个马拉松。这也不行,很多人跑了几百米就受不了啦,告诫自己要劳逸结合呀,减肥事小,可不能累坏了身体!

可能还有其他的办法,比如针灸、切胃、按摩,无非是控制食欲,还有汗蒸、抽脂、喝名为减肥茶的泻药,无非是也别运动了,直接将热量排掉。但这些方法,看似简单,还是需要人咬紧牙关坚持。

减肥是身体塑造,人们追求有好的外形,其实也都追求精神品格的提升。为此,人们会想到读书,很多人读书不完全是希望改变命运，而是要提升自己的学养和人生境界。把肥肉这样的不想要的东西丢掉，将知识这样的精神附着在大脑中，都是人们愿意追求的，减肥没有捷径，读书进取也没有更好的办法，就是要下苦功。读书也可能有好方法，也当然有好老师，再好的方法和老师，最终也是要自己下功夫，身体和思想的塑造，都是对意志力的磨炼。

　　买好的跑步机和没有撕开玻璃纸的书，放在屋子里很久了，是谁谁知道。

你不可以这么多

一个人的一生,其实做不了多少事情,时间实在是很短暂。

但是偏偏有那么多人,干什么像什么,一专多能,甚至是多专多能。这很让人困惑,他们为什么能行?难道两只向不同方向奔跑的兔子,在他们面前都会停下来安静地等着来抓吗?

其实,也没有那么复杂,只不过就是这样的人付出了更多的劳动。

这样多专多能的人,说的是真的干什么都行的那种人,不是装出来的或者花钱买的那种。比如像李叔同,文学艺术的各种领域都能涉足;张伯驹除了是大收藏家还是专业水平的票友;获得雨果文学奖的郝景芳,竟然是学物理的;爱因斯坦认为他最拿手的不是相对论而是小提琴;丘吉尔不仅是政治家、演说家、大作家,还是世界上掌握单词量最多的人。这样的例子还真不少。

但是丘吉尔毕竟是丘吉尔,你(他)怎么可以会这么多,你(他)怎么可以有这么多呢?

这是常常听到的提问,也是常常听不到的提问,因为提问的是朋友,不提问的往往就是在背后的议论者了。他是这样的人,他怎么可以也是那样的人,他又是主持人又是画家,这不可能!

他是怎么做到的呢？他本来不应该做到呀！

　　一个已经在某一个领域做得好的人，已经被贴上了标签，如果想要在新的领域有所作为，确实太难了。但做什么样的人，人生应该做什么，本来就没有一定之规，一生只做一件事，当然是值得敬佩的，同时能做几件事的人，也是有的。比如一个律师写点文章，或者一个作家去做律师，也完全有可能都做得还不错。

所有的眼泪都是哭自己

分别时怎么就哭了呢,都是四五十岁的人了,都觉得自己的内心已经没有那么脆弱敏感了,大家又都这么忙,这件事情做完又要接着做下一件,哪有时间动感情呢?

可是朝夕相处,连续一个学期的脱产学习,人和人在一起时间长了,感情这个东西,说不动,也还是要动的。

一起学习的有那么多人,有的相互之间还不是很熟,在分别的时候怎么就抱在一起哭了呢,而且会哭得那么伤心?

其实,所有分别时候的泪水,都是哭自己。

所有的告别都是匆匆忙忙。只有到了告别之际,才会发现很多事情都还没有来得及做,毕业季的同学,军营退役的战友,不一定和每一个人都有合影,甚至来不及去和他有一张合影,总是觉得还有机会,但是临别时还没有到,有的人已经悄然离开了。

和相熟的人分别时抱头哭,和不熟的人分别时也抱头哭,看到军营的一草一木,看到分别时天边的流岚,都会伤感,接着就哭了。所以跟对方是不是熟悉并没有太大关系,因为伤心的泪水都是给自己的。在校园、军营留下了自己的足迹,自己和对方,自己和那里的草木与味道,已经混在一起。

哭自己的什么呢？一个人的生命组成其实就是那些时间，自己离开这里，但是自己的时间却留在了这里，留在了对方的微笑和拥抱里，那就是自己留在了这里和分别的对方。一起走过，已经你中有我、我中有你了。

并不熟悉的人也能一起哭，是同学、战友、同胞、老乡，是一个族群。所有的眼泪都是哭自己，而抱在一起哭的人，也必然有共同的名义。

中午该做些什么

中午该做些什么，可以做些什么呢？

午睡的最多，其次可能是甩扑克、聊天，也有人去散步。

其他可能比如团队午餐会，在很多人看来，中午如果只是一个人吃饭，那简直是浪费时间和自己。如果几个人一起吃，就可以交流思想，沟通感情，边吃边谈，吃完了，一个团队的人，先吃饭后开会，这个中午没白过。

中午是很好的时间，就算应酬再多的人，中午也很少有应酬性的饭局，工作餐后，是一段难得的学习时间，想读些什么书都可以去读，没有人来打扰，除非紧急的事和不懂礼貌的人。

"晨练""晨读"这些词汇都是为早晨而设计的，而中午的专有词汇是"午休""午睡"，在普遍休眠的时间里，读书反而是个好选择。晚上时间一般属于应酬，但其实也可以把应酬的时间定在中午。

看来"午休"可以变成"午读""午酬"，道理何在呢？一般下午还有事，定在中午，就把那顿酒给免掉了，中午的时间也毕竟有限，有话快说，就提高效率了，要不然，一个绵长的晚上，前半段有意义，后半段就都是重复的话了，瞎吹牛。

最重要的是，安排好了中午的时间，其实也就是安排好了晚上的时间了！中午和客户吃了饭，那晚上就可以回家陪家人了，而且一个连贯的晚上，可以看很多书，写不少东西呀。

当然了，就是什么也不想，什么也不干，只是享受慵懒的午后时光，也完全可以，只要自己愿意。

最后走的人

那些描写地下工作者的电影里,那些从容不迫地穿着长衫或者西装的人,在咚咚的敲门声中,他们烧完最后的文件,敌人已经从前门进来了,他们才从后门悄悄撤退。

工作人的下班,还没有到下班时间,很多人早早就跑了,要不就是人还没有跑,但心早就飞了,想着晚上的饭局和游戏。十一和过年的长假,也是如此。可是也有很多人气定神闲,该干什么还干什么。

毕业季的学生,收拾行李、打包书和文件,已经提前给家里寄了很多次东西了,临到要腾出宿舍的时候,屋子里还是满满地乱,还要订票、告别,好多事情呢!人还在,魂却早就飞了,就难免丢三落四,难免心绪不宁,又想着回家,又依依不舍。再不舍,可总还是想回家了,就心事复杂。

这时候,偏偏就有人处变不惊,而且手里好像还有百宝囊。你要用胶带封装物品的纸箱子,他去帮你找,你没有纸箱子,他也能帮你找,他放下自己手头的事情来帮助你。他给你拍照,在你的留言本子上写临别赠言,其实他也需要这些,他像是安静的拆弹专家一般沉着,他就按部就班地做,他没有说我来掩护,你先撤退，而实际上就是这样。这些都做完，他还会带着大家去跟老师告别，一切有条不紊。

到最后的时候，毕业季时大部分的学生都走了，教室、操场、食堂、礼堂都安静下来了，好像从来没有人来过。

最后走的人，多数是上面说的人。他们一个个送走了别人，去高铁、去机场。当然，他们也是要走的，自己拎着箱子也离开了，最后走的人，没有人来送行。

边户和中户

这些年不少人住上了联排别墅。有一排六户、八户、十户甚至更多的。在这一排两边的户型叫做边户，中间的户型是中户。边户更受欢迎，售价高。因为两边的户型都会有一个侧院，而中户左右都是房子，只有前后有院子，有个侧院可以做的文章就多了。

但不是所有人都喜欢边户，还不完全是价格的原因。边户的缺点也是有的，比如不防盗。如果有小偷，当然跳进边户行窃的可能性更大，更容易跳进来，从边上就进来了，而且因为边户的在边上，没有别的人家，便于逃跑不易被发现。

再有就是边户其实不保暖，中户因为左右都有房子，在冬天的时候储存下来的热量不易流失，边户的冬天温度比中户低上两三度是很正常的。再有就是边户的院子大好是好，就是不好打理呀，只要有一段时间没有人管就会长满荒草，再说了，下雪的时候扫雪还费劲儿呢！

当然，还是喜欢边户的多，市场好的时候，多花钱还不一定能抢得上呢！

拍照也有 C 位的说法，C 位就像别墅的中户似的。但正相反，人们在拍照的时候,内心更喜欢"中户",众星捧月多好!奋斗一生,评优评级,还不是就想获得一个属于自己的中户C位吗?特殊情况和特殊人当然也有,很多人开会、照相都喜欢溜边,在"边户"的好处是不用有思想负担,不用寒暄,站在一边,随时撤退,不得罪人。

在地铁上观察,坐地铁也有"边户"的问题。中间的人等紧边的乘客下了车,很多愿意移到边上坐,更自由一些。

中户或者边户的位置感,看来能概括人生。

不喝酒的人

酒桌上，不是所有人都会喝酒的。比如司机、某天身体不舒服的人、天生对酒过敏的人、自称不会喝酒的男士和矜持的女士。

喝酒的人在减少，酗酒的人就更少了，都知道喝酒有害健康。越来越多的人意识到，喝酒过量会有失风度，"酒要少吃，事要多知"。酒精的作用让人兴奋，话多失态，弄不好就斯文扫地。呼呼大睡，死狗一般，这样的醉相算是好的了。

所以酒场上很多人会采取一些手段，比如把眼前杯中的酒偷偷换成水，把喝下的酒含在舌下，悄悄吐在茶碗里，再趁机泼在地毯上。有不少人自己想少喝，却变着花样地劝别人喝，自保以外，也隐约想把对方灌醉，看对方出丑。

酒场上斗智斗勇，在一起喝酒的人，大多是朋友，本来就愿意往一起凑合，而且在劝别人的时候，自己也还是想喝，到最后，大家还是都喝得不少。

不喝酒的人把这一切都看在了眼里。

不喝酒的人始终清醒。看着喝酒的人的样子，就像看戏似的精彩。真是"众人皆醉我独醒"。

那天，喝酒的阿发和不喝酒的小欧遇到了一起，就这个问题进行了探讨。阿发说，小欧呀，你不喝酒，看着我们这些喝酒的人，是不是丑态百出？旁观者清，尤其是清醒的不喝酒的人！估计看我们喝酒的人跟看猴子似的。

小欧说，我就像在讲台上的老师看着台下搞小动作的小朋友。

阿发说，那我说得没错了，你一定会觉得我们很傻。小欧说，其实不然，我反而觉得傻的人是我。不等阿发追问为什么，小欧就说，如果大家都傻，那个清醒的人要多痛苦呀！

饭　局

有的人如果没有饭局可以参加，那是相当地难受。饭局除了吃饭之外，更重要的是存在感。没有人请吃饭，那就是没朋友，也没地位。有地位的人能没有饭局？

可是有饭局也是难受的事，那些天天有饭局的成功人士，也需要回家吃饭。天天拼酒，也是个体力活儿，需要休整。饭局是很累的，除了喝酒还要说话，说话是最累的一件事。

一天有两个以上的饭局也是常有的事，前面的饭吃不好，后面的饭也吃不好，吃着这顿，还感慨着那一顿没赶上。

有饭局和没饭局，都是让人苦恼的。

有的人组织饭局，愿意做一个张罗者，有的人愿意响应，只要有饭局可以参加就行了。在饭局上有的人沉默，有的人高声喧哗，百态不一。

我有一个朋友，叫大亮的，前些年混得挺好，经常组织饭局，也经常有人请，吃出了糖尿病也在所不惜。但是后来他不怎么参加饭局了，就是跟着老婆孩子吃粗茶淡饭。当然，我们是很好的朋友，跟我的聚会饭局，他还是参加的。有一个晚上我问他为什么不参加各种饭局了，他说，其实就是有一次在家里宴客，完事帮着老婆打扫卫生。他说，因为之前只管吃不管收拾，他从来不知道吃过饭以后的杯盘狼藉是怎样地脏。那天吃的是涮羊肉，熄了火的锅里，凝固的肉汤子漂着一层让人作呕的黄色油脂。大亮说，他就是从那儿起，就不怎么吃肉喝酒了。

　　我问他，仅仅是因为这些吗？他说也不完全是。他说，喧闹的生活，才会有杯盘狼藉需要收拾，如果自始安静，就没那么麻烦。这个大亮，活明白了。

饭局种种

那次小欧跟我聊天时说，不愿意参加十个人以上的饭局。太闹。人多了话题就说乱了，达不到交流的目的，聚会就没意义。小欧说，其实四五个人的聚会就很好，他略思考，说，其实两三人对饮更好，可以聊得深入。我笑说，就像咱们这样。

但小欧昨天又跟我说，其实人多的大饭局也有好处。

小欧说，前几天晚上，他和两个朋友一起吃饭，在漫长的吃饭过程中，因为总是找不到话题，几度冷场。太累了，小欧说，没话找话的感觉不好，彼此客气拘谨。

我说，新词儿叫做尬聊。

小欧说，是呀，过去的好朋友，现在愣没话题了。小欧说，看来十几个人的大饭局也不错。酒过三巡，大饭局上会分化成好几拨，各自交头接耳、捉对厮杀。如果不太想说话，自己在饭桌上闷头吃菜，低头刷手机，哪怕离席休息一会儿也没有什么问题，影响不到别人。不像小饭局上的人，几乎全体都要全程说话。

说话最累了，小欧又补了一句，尤其是没话找话。

我就接着跟小欧聊饭局的不同类型，我说，还有"特大型"饭局，那种会议餐、宴会类型。小欧接过话来说，可不是嘛，那种饭局也有特点，举着酒杯到处串桌敬酒，最后敬的是谁都不知道。

我给补充说，还加微信呢，一个晚上加了很多人，也顾不上改备注，第二天根本对不上号。

小欧说，还有的饭局也不错，也别聊天劝酒，几个人坐在一起，想吃就吃，想说就说，自己刷微信也不顾忌别人。我说，各刷各的微信，那何苦攒在一个饭局上呢？

小欧说，毕竟刷手机也是在一起呀。我认为他说得也对。

焦虑的手机和手表

写手机，先写手表。

手表也曾经是人们的追求，戴上时髦的手表，亮晶晶或者黄灿灿的，不同的款式，嘀嗒的表针走动的声音，是有意思的情调。有意无意地把手腕抬起来，那就是对生活的抬高。

近年来有卖肾买手机的新闻，那时候要有多少次早餐不吃才能攒够买手表的钱！手表曾经是普通人的"三大件"，地位比手机要高，更不用说价格昂贵的品牌表，能换一套房子。

据说现在人们看手机的频率高得惊人，平均几分钟就得有一次。如果哪一个时刻忘带了手机，人们甚至惊慌失措，如果信号不好断了网，也会觉得丢了魂儿似的。刷新闻，感知世界，看朋友圈，看熟人都在干什么。或者就是在等一个具体人，怎么还没有消息，为什么不回消息？现在苛责年轻人频繁看手机的中老年人，当时为了等一封信，一天也要跑好几次传达室和信箱呀。

等待消息可能是因为爱情，也可能是因为亲情，年老的父母和年幼的孩子，不回消息都让人揪心。当然也可能跟订单有关，跟一次工作机会有关，总之都是跟生活有关。有人开玩笑说手机是人的一个器官了，至少是人的谋生工具，没有手机，就失去了世界似的。

还是回到手表吧。过去人们睡前、醒来、出发前都会看手表,重要的时刻也要看。在所有漫长的等待中,人们就像现在不断看手机一样看手表,几点了,现在几点了?

几点了有什么关系吗?其实并不赶时间,只是害怕掉队,多看一眼,好像就能缓解焦虑和疼痛。

开还是不开

越来越多的人选择不再开车。

当然，也有越来越多的人在考驾驶证，期望早点开车上路。

有人向南走，就有人向北。

还有人站在中间纠结，这车，开呢，还是不开？

开车在过去较重要的一项功能已经基本消失了，那就是对体面和虚荣的满足，多少人经过奋斗有了一辆车，然后开到别人面前给人看，有车的最重要方面不是实用，而是感觉。物质生活的进步带动了精神层面，现在很少有人这样无聊了，但是车也仍然是个好东西，遮风挡雨，能顺利地从起点把人送到终点。

而开车弊端也太多，没有地方停车，也没有办法把车折叠以便于背着走，堵车的时候车也没有翅膀飞，动不动就违章被罚款了，罚款事小，还要扣分，想想就一团乱麻。

那就别开了吧。但是公交车太慢了，地铁太折腾了，而出租车呢，如果没有较好的心理素质，就不要打出租车，厚着脸皮去抢，不抢别人就上车了，还要厚着脸皮看司机的脸色，因为路途远近或者什么各种奇葩的原因，司机肯送你那是他心情好。

还有滴滴出行或者共享单车可以选择，但是也都有弊端，没有哪一种选择是完美的,和一个人在食堂瞻前顾后地选择菜品一样,哪种都好吃,哪种也都不好吃。

在夜晚比如现在,街头打不上车的时候,就渴望开车走了,车也是一个场所和移动的家,待在里面就不孤单害怕。

怎么选择都是对的。

但不管怎样,今夜开始我不再开车了,我把手腾出来,不再抚摸方向盘,手机键盘正在被我上下翻飞,我用手机写文章,这是这个夜晚的新情调。

看不出来

年轻人刚买的崭新手机，如果不小心磕了金属漆，心情沮丧。这时如果有人来安慰，往往会说，没事，看不出来。爱车的人如果自己的新车被剐蹭了，也常常会想，是不是要去修车呢，关键是要看车的伤情是不是"看不出来"。

是谁"看不出来"？当然是别人。这就奇怪了，自己的物件受损，干什么要问人家是不是能看出来呢？有意思之处就在于此，开着车上路，也许不再是个特别值得炫耀的事情，但车受损就好像是穿着破了洞的袜子出门一样，自然至少不想让人家笑话。所以如果觉得别人一定能看出来，那这个车肯定是要修的，如果真的是看不出来，那也许真的不需要马上去修车。

但，自己看得出来呀！想到自己像穿着破洞的袜子出门，就浑身别扭，那就一定要去修车。很多事，终归是过不了自己这一关。

看不出来，还有更多的解读。姑娘喜欢傻傻的小伙子，一言一行，全单位的人都看出来了，偏偏小伙子本人看不出来，遗憾得让人替他着急。如果在看不出来后面续接上几个字，还有"看不出眉眼高低"，人家明明是拒绝，至少是很冷淡，有的人就是看不出来。闯入者进门坐下就聊,看不出来人家正要出门,发言者喋喋不休,看不出来座下已经烦透了……

还有"看不出来事",尽管有人给指点,执迷者还是看不出来。比如,小执法者暗示办事人"意思意思"就给办事、放行,但来者就是看不出来。

为什么就看不出来呢,那谁知道呢?也许就是实在,是木讷,是愚钝。或者是他看破不说破,他其实是看透了。

你希望谁赢

哪个球迷都会希望自己的球队赢球。比如是自己的国家队和一个外国队踢球,要不就是自己的家乡球队和外乡球队踢球,这个问题就不是问题,自己的国家、自己的家乡,这还用说吗?还有胜负关系影响到自己的球队的情况,甲队赢了乙队,是不是对自己的球队有利?如果是,那希望甲队赢球。单个的选手也是一样,哪个中国人都希望中国的球员获胜。

问题是如果赛场上的两支球队或者两个选手跟自己的关系不大,那你希望谁赢?那就不一定了。

当巴西队遇到阿根廷队的时候,喜欢桑巴风格的球迷希望巴西队赢,喜欢马拉多纳和梅西的球迷,希望阿根廷赢。

两支和自己不相干的球队,你希望谁赢?可能是谁的球迷就希望谁赢。

也可能两个选手你都喜欢,希望谁赢的念头此起彼伏。比如当一个年轻选手遇到老将的时候,你甚至一会儿希望老将赢,一会儿又希望年轻选手赢。希望老将再创辉煌,也希望新人击败老王成就新王,球迷的心态,可能比球员的心态还复杂和紧张。

也有很多球迷根本不懂哪个球员好,希望强者恒强,希望咸鱼翻身或者同情弱者……希望帅的赢，希望靓的赢，希望看着可爱的那个赢，希望那个看着不顺眼的输。球迷各种奇怪的心态，难以描述。

当然也还有赌球的例外情况，那就是买了哪个队，当然希望哪个队赢球。

看比赛是如此，人生也一样，创造奇迹的魅力就在于不确定性，只要敢于站在赛场上，就有赢球的可能。其实，人们最希望自己能赢，只不过不一定敢上场，也不一定敢说出来。

确认是好友

有个地方的风俗，丧事的仪式上，至亲谁先行礼有规矩，一般亲戚朋友，谁先谁后，司仪也不给排序，只是在此时高声宣布"谁远谁近谁自己知道"。来祭拜的人，果然如此向前，秩序大致错不了。

生活中要向亲友借钱，得先在内心里掂量一下，跟人家的交情可以吗？就算交情足够，因为长时间没有联系了，也得先走动一下，再提请求。就是想邀请人家吃饭，也得考虑一下自己的面子够不够，对方会不会应邀前来。内心苦闷，深夜想找人倾诉，人们会发现，能抄起电话打过去的人，没有几个。往往还是发小、闺蜜、最熟悉的那几个人。而也有不少熟悉的人却偏偏更不能对他说了，那就基本上没有人了。

是不是朋友，是不是挚友，关系到什么程度，没有任何评判标准，其实全在自己的内心。

随着时代的变化，也有一些新情况出现。多年前的QQ时代，就有一个"加好友"的程序，现在人们初次见面，不换名片了，都是互相"加微信"。人们互相问着"你扫我，我扫你？"，不管是不是真的好友，至少是先成为了"微信好友"。一方提出了加好友的请求，对方要进行"确认"，这个确认的过程就像小孩子的"拉钩"，像结拜的古人"歃血为盟"。这样的确认过程甚至是个法律程序。名义上是好友了，真的是不是那可不一定，很多微信好友，从加了的那一刻，就彼此再也没有说过一句话。

也许某天看这人的朋友圈，觉得三观不合，悄悄地把好友给"删"了。好友可以确认，也可以删除，这是过去没有的事。

如果有轮椅就好了

旅游出行者带着老人到一些景区，会有的遗憾和需求是，如果游客中心能对外出租轮椅就好了。

因为景区里的路很长，老人走起来，两步路没问题，如果时间长了，肯定会感到劳累。如果有个轮椅让老人坐在上面，家人推着老人的轮椅走，节省力气和时间，而且简直其乐融融。

但大多数景区都没有这样的安排。少数景区有，或者细心的游客自带了轮椅，就会发现，景区里的路虽然大部分是平坦的，但遇到有台阶的时候，就需要至少两个人把老人的轮椅抬起来，或者老人如果勉强能走路，就先让老人从轮椅上下来，走两步儿，再坐上去。不管是走两步，还是抬一会儿，如果就是这一次还好，景区里走一段路就至少会有亭台楼阁，又有台阶，那时又得人下来把轮椅抬起来，行程就显得不流畅了，心情于是也受到影响，往复几次就会觉得扫兴了。

如果是在平地上偶尔有上上下下的台阶还算能勉强接受，景区还有山路，有的景区本来就是山，轮椅怎么爬山？

这时如果景区有抬轿子、抬滑竿的服务就好了。大多数景区没有，并且人家还会说，登山的活动就不适合老人。如果有抬滑竿的人，旅程有外人参与，也不会太美好。

但老人也有登上名山、一览众山小的愿望，这是非常正当的需求。

如果有爬楼机就好了，老人坐在轮椅上，通过电力和机械的运转，就能登山。如果景区的服务者，能多从游客的角度出发，就好了。

到网络平台上去看，爬楼机，还真早就有卖的了，能早点普及运用就好了。

说不好和不好说

"说不好"和"不好说"有近似的意思,但也有更多各自不同的内容表达。当问一个人对一件事的态度的时候,答为"说不好"时,可能其中有多重含义,包括真的不知道、没有把握的谦虚委婉说法、不想承担责任的推辞。而回答为"不好说"的时候,对该问题的评价可能会有耐人寻味的地方,可能要品评的事件具有一定敏感性,说不定是个绯闻之类。哪怕不是绯闻,既然"不好说",那也很可能说出了会伤害人、得罪人。

不管是学术讨论、政治观点,还是日常闲聊,知无不言,言无不尽,"有什么就说什么",才是应有的态度。说出了"说不好"和"不好说"的前缀,后面要说的正文,其实对于问话者的参考价值也就很小了,除了让问话者知道了回答者的谨慎态度之外,还会让问题本身更加显得扑朔迷离。也不排除,说出"说不好"和"不好说"的人,也是故意要吊足问话人的胃口,让回答的内容更有附加值。

那年那月,一对父子,儿子问父亲,自己的高考志愿该怎么填写。父亲思考了一夜,父子相对,儿子再问,父亲说,说不好!多年后儿子成为父亲时才对此释然。儿子耿耿于怀了多年,说不好，为什么会说不好呢?

其实就是害怕承担责任。儿子成为父亲之后才理解了这一层，但反而理解和原谅了自己的父亲。爱怕辜负，才不敢说自己的意见。

"说不好"也有丰富的内涵，而"不好说"好像更丰富。表达是最艰难的事情，是因为人复杂的内心，说出来的话，是不是自己的本意，自己也未必知道。

说不清的敬酒

饭局上为什么要敬酒呢？追本溯源一番，也未必有唯一的答案。

中国最著名的宴席当然是鸿门宴，是"酒无好酒，宴无好宴"的代表，项庄舞剑，意在沛公。类似的宴会，要么酒里有毒，要么帐下有刀斧手只等摔杯为号。看来，把杯子举起互敬，还要碰一下以示干杯，也许是告诉对方酒里没有毒，碰杯的声音很悦耳，传递感情，也是一种节奏美。

大宴会上，致祝酒词的主人在结尾时一般要举起酒杯并提议，"请大家举起酒杯，为了我们的友情而干杯"。那么多人高举起酒杯，真像战场上的将士举起枪一起欢呼，这是和平年代的仪式。所以酒场如同战场，这个比喻也不算不恰当。宴会的祝酒词之后，相互敬酒，捉对厮杀开始。酒桌上的规矩非常多，有的确实是很重要的礼仪，说复杂，也没有什么复杂，无非是传统文化里的长幼有序，照做基本上不会有错，也有的所谓"酒文化"糟粕多，文化含量很少，什么"感情深一口闷"之类，什么"女人不说随意，男人不说不行"之类，很是无聊。

相熟的人碰杯并私聊感情，聊具体的事情，不相熟的人来敬酒碰杯，一般附以交换名片、加微信自我介绍，有的时候并不做介绍，走过来碰一下杯就喝酒，最多点头致意，什么也不说了，甚至杯子一碰，头已经看着下一个人了，这敬酒就显得毫无意义了。有的尊贵的客人刚坐下吃菜，就又过来一批敬酒的，二话不说就碰杯，客人一个晚上坐下又站起十几次，但是都是谁来敬酒，为什么要敬酒，也说不太清楚。

很多事，只是活着的过程。

寻找最舒服的当下

人怎么着都会觉得不舒服，总想寻求更为舒适的环境。只要是当下的环境，就会觉得不舒服，总是觉得会有更好的活法，非得变换一下才可以。就像在床上翻来覆去的睡姿，仰卧久了就要侧卧，就连侧卧也分向左和向右，甚至有不少人要趴着睡、撅着屁股睡，就差翻着跟斗睡了。

到了办公室的人，打开电脑和文件，心浮气躁，只是坐了一会儿，可能就想回家。觉得还是家里安静，环境和气氛适合自己此刻的需求，就开车回去了。可是回到家还是心意难平，又想，还是在办公室有办公的氛围，在家里跟客户打电话还是觉得不习惯，也可能就又会回到办公室去，在路上折腾的时间不少。也许把多余的旺盛精力折腾得差不多了，才算能安静下来，进入工作状态。

他也知道耗掉的时间是非常可惜的，但这是生命的过程，没有这个过程，也不能真的懂得时间的重要和自己生命的意义。大多数人都要到一定的年龄才能获得成绩，其实"耗掉"就是寻找的过程。

多少人一生学诗又学剑，觉得自己干什么都行，又想当官，又想发财,又想搞理论,又想做实务,踩两船,逐二兔,偏偏可能一事无成,一晃一年,一晃一生。才发现,一生能做好一件事,已经很不错了。

也不排除,有不少人就是精力旺盛,能干成很多事,能在多个领域有所作为,掌握多种人生技能。一生一件事可能成就更高,但多做不同的事,人生更精彩。

不管怎么样,这就是他一生的模样。寻找到自己最为舒适的当下,想怎么活,就怎么活吧。

正教授情结

很多原本正常的词汇都被毁掉了。这些年,由于受到个别人的负面影响,人们调侃地把专家叫做"砖家",教授也被变成"叫兽"了。其实,哪怕是这样,有鉴于对于知识本身的崇拜,很多人的内心里还是有一种"教授情结",准确地说是"正教授情结"。

不知道是怎么换算的,很多人获得了正高级职称,其实该是什么职称就是什么,比如正高级工程师,这不是也很好吗?但很多人习惯于用"我是正教授"来表述自己的正高职称。

早些年有一些领导干部的名片上印上"正处级"还不够,还要写上"相当于正教授"。在当面表述自己的职位的时候,也有人说,我是正处级,相当于正教授。职务和职称能这样转换吗?当然也听说过,一些教授也说,我是正教授,相当于正处级。这可以理解为权力和学识的相互崇拜。总的来说,代表知识的"教授"二字被人崇拜,总也不是一件太坏的事,而显然,做官也是中国历朝历代的学子的追求,文化传统如此,也无可厚非。

但"正"字也值得注意,人们特别强调的是"正"教授。很久之前有知识分子说起这个"正"字,说学界从副教授到正教授的过程,就好像是小妾扶正似的,那是很艰难的,而且还说不定能不能扶正呢。

也有的行业的职称用数字来表述,比如一级律师和二级律师都算高级职称。有经验的分析人士说,凡是自报是高级律师的人,那肯定都是二级律师;一级律师显然不会自称是"高级",一级不是比较级,而是最高级。倒没有听哪个律师自称是相当于正教授。

总要过气

过气这个词，在普通话里原本没有，应该是个方言，逐步登堂入室，被广泛运用。

好像起初这个词流行开来是用在娱乐圈，形容的是不再当红的明星。

最近老也看不见某某的演出了呢？是呀，现在没有人请他了，过气了。

在这样的语境里，过气，基本上就是过时了的意思。他的当红时代过去了。

在崇尚偶像的时代，很多过气明星其实就是老了。本来演着小生，在电影电视屏幕上卿卿我我谈恋爱，几度春秋，忽然就演爷爷了。演了多年少女的人毕竟硬撑了好几十年，实在撑不住就只好去演奶奶，要不然就息影退出吧。能演老爷爷和老奶奶就不错了，更糟糕的过气是悄无声息地被观众忘掉，或者因为其他原因退出演艺行业。

当然了，过气和过气也是不一样的。

很多演员虽然没有戏可演了，但可以做大师和泰斗嘛，票房影响力虽然没有了，但是老江湖的地位还在，转为幕后做指导。

不仅演员，也不仅人，衣服用品也是这样的问题，时髦的新款式出现了，旧的也就过气了。很多过时的物品被放进了博物馆，成为文物，成为怀念，而有更多的物品就没有那么幸运，被无情地扔进了垃圾堆。

不管是什么，也许总要过气的。这样想，也没有什么了不起。所以，一些早夭的明星，也被人赞美，看，阮玲玉、翁美玲，她们的年龄永远停留在了二十五岁，最美好的年华，最当红的时候，没有过气。

硬撑着是很累的。早点放手，有个逐渐淡出的过程，戏迷和影迷也比较好接受。哦，她还很好，现在不演了。

最好别说那么多

主持人的前身报幕员时代,把下一个演出的人名、曲种和节目名清楚地报出来就可以了,后来叫"主持人"了,可以发挥的空间也多了,有才华的主持人,把控调动全场,很出风头,也有必要。

后来不再只是电视台有主持人、一台剧场节目有主持人,就连结婚的仪式,也必须要有一个主持人。好多婚庆主持人话说得太多,甚至到了多得无以复加的程度,很多环节没有太大意思,而且也没有分寸感。有的婚庆主持人要卡位到新娘和新郎中间,深情地给新娘子唱一支歌。关键是新郎不仅不反感,而且也毫不介意。既然新郎都不介意,别人也就不好多做评价。

前两天参加一个文学颁奖仪式,不知道主持人是从哪里请来的。那个主持人穿着一个黑色的长袍子,眼神幽暗但充满自信,对于颁奖的每一个环节都要加入他个人的评点,对作家的作品也品头论足,他除了对自己了解得不够以外,好像对什么都精通,对现场的那些大作家在文学方面的见解,他都要重新评点一遍,甚至那一位获奖人的感言在主持人先生看来,都应该重新设计。他还自作主张朗诵了一首席慕蓉的诗歌,他和很多人一样,对于诗歌的理解和了解，还停留在很早的时代，看来没有阅读过更多。

我想起来小说家苏童很多年前的一个短篇，大约是叫做《与哑女结婚》。在小说的主人公男士看来，最完美的结婚对象不是那些看起来非常出色的女性，而是一位哑女。为什么呢，其实就是因为，哑女不会说话。

在很多时候，少说或者不说，像哑女一样，效果一定不错。

擦肩而过

早上的街道川流不息的人流里有一个人是我。我奋力地蹬着自行车，眼见着一个骑电动车的外卖小哥从我身边疾驰而过，啪嗒一声，他的车尾落下一个眼镜，跌落在地上。

还好，我快速下车把那个眼镜捡起来，发现眼镜完好无损。我大声地喊着，小哥，小哥！他骑得很快，听不见，我就在后面更奋力地蹬车去追。毕竟他骑的是电动车，我就是追不上。

过了两个路口，我发现他远远地在前面停了下来，他的背影定在路边。我想也许是他意识到了自己的眼镜丢了。于是我继续向前骑行，却发现他缓慢地在转身，他扭转车把，似乎要掉头。我接着骑，他已经掉头，看来他是想原路去找眼镜，但他又不能逆行，他只有掉头到路的那一头去，再往回走，然后再掉头回到原路。

他超车时和我就是擦肩而过，我们本来是一条路上的先后关系，这次我们又擦肩而过了，只不过是逆向的，他已经迅速地到了路的对面，我们中间隔着宽阔的路和路中间的隔离带，我对着他大喊，小哥，看我这里，这里！但车水马龙，隔得又远，他还是听不见。他开始加速，等我也快速到了马路对面去追他的时候，

. 247 .

他已经不见踪影。

　　我知道我是追不上他了,他的眼镜在我的手里拿着,我却没有办法给他。我能想象出他回到原路找眼镜却找不到的失落样子,我相信我就算也骑回到原路,他也一定又开足马力走了。

　　擦肩而过的人手里拿着自己要找的东西,自己却错过了。知道自己的秘密或者能帮助自己的人,总是会擦肩而过。他不知道,所以不遗憾;我知道,所以我遗憾。

等不等

排队买锅贴的两个年轻人很喜欢吃这家小店的锅贴，中午经常来买。也许是由于锅贴好吃，所以每天都排长队。

这一天，兄弟两人又来排队买锅贴，他们险些就放弃了，因为今天前面的人格外多，他们担心时间晚了会影响下午上班，另外也确实都饿了，就想要不今天也可以先买点别的吃。

但他们最后还是决定排队，爱吃，没有办法。

但接下来的经历是不愉快的。因为当他们好不容易地排了有快一个小时，就要排到的时候，老板突然宣布说有人提前就预约了，要一斤锅贴，所以接下来锅里的锅贴不是这两位小伙子的，而是要预留出来。又饿又气的两个兄弟当然怒不可遏，眼睁睁地看着新出锅的一斤锅贴被一个突然出现的人拿走，他们彻底爆发了。

老板说，别着急呀，你们看，现在锅里的就是你们的，要不了几分钟了！

两个年轻人觉得，这不仅是个锅贴的问题，而是个道理的问题，凭什么？！

于是，他们开始讲道理，你如果提前已经把刚才的锅贴卖给了别人，至少要提前告诉我们！老板也有老板的道理，双方争执的时候，两个年轻人忽然说，退钱，我们不买了。

老板确实已经提前预收了钱，他愣了一下，说，锅贴已经在锅里，而且马上就熟，你们确定要退钱吗？两个小伙子说，退钱！

他们拿着锅贴钱从队伍里走出来的时候，觉得亏了。一个多小时过去了，锅贴没有吃上，什么也没有吃上。他们互相说，没事，咱们不能惯着这样的奸商。但是他们心里也在想，再等上几分钟，锅贴就吃到嘴了。

胡子是悄悄长出来的

小欧毛发发达，哪一天不刮胡子，双颊就一片黑乎乎的。小欧每天早上起来第一件事就是刮胡子，然后才是洗脸和漱口。如果先洗脸，那脸湿乎乎的影响刮胡子，另外洗了脸可能就出发了，会把刮胡子的事情忘记了。

女友对小欧的胡须很好奇，说，你真的一天不刮胡子就会长出来吗，胡子究竟是在什么时候长出来的，是前半夜还是后半夜，难道睡一夜觉，就能长胡子吗？

小欧想这个问题问得非常好，自己也不清楚胡子是在什么时候长出来的，因为至少白天没有看见胡子在生长，那看来，胡子应该是在半夜里长的。

那天小欧有紧急工作任务，转天凌晨三点要起床，他忽然想起来胡子的事，就想可以在凌晨三点的时候，看看胡子是不是已经长出了一部分。转天三点小欧起床，醒来的第一件事就是用手去摸自己的下巴，也没有觉得有扎手的感觉，好像有，也好像没有，他照例拿起了电动剃须刀，刮了一阵，用手摸摸，也没有清爽的感觉。

早上八点的时候，小欧又去摸摸脸颊，他想会不会这几个小时过后,又会长胡子了呢?但他还是没有显著地摸出来,于是再拿起剃须刀,又刮了一阵,再摸摸下巴,还是没有摸出什么来。小欧就后悔了,想,还不如三点的时候不刮,再观察一下呢。实验失败,胡子是在什么时候长出来的,还是不知道。

后来,在小欧和女朋友分手的时候,两人也没有说什么,但女朋友还是委婉地问了小欧为什么。

小欧说不上来,想了半天有了个答案,他说,看来胡子都是悄悄长出来的。

不仅偷,扔也是不好意思的事

我有一个同事叫王聪,人很聪明。有一天她说了句妙语,让人直呼精彩。

每个律师的工位桌子下面,都会有个纸篓,用来扔废掉的文件。如果没有这样的纸篓,手里拿个工作上的废弃文件、纸团儿,哪怕是夏天吃冰棍儿剩下的包装纸,还真不知道往哪里扔。

王聪就只好厚着脸皮往别人的纸篓里扔。

人家都有,偏偏王聪没有,那时她刚来,也不好意思去要。后来去领时,正巧办公室的库房里没有,一晃两年就过来了。王聪说,终于有了属于自己的纸篓!有了不觉得,没有真不行。人的各种需求缺一不可,就连纸篓也要自己拥有一个。

年中的生活会上,王聪说,没有纸篓,这两年就偷偷地往人家的纸篓里扔,跟做贼似的。虽然没有偷,但是王聪"偷偷"了,偷偷摸摸的,总不是一件好事。大家听了,都觉得王聪如果没有说,还真没有想到这层。

行政主管陈美说,怪我了,应该主动给你拿一个过去。陈美总结说,如果是往街上公共的垃圾桶里扔东西,理所当然,还会受到好评。但把垃圾扔在别人的纸篓里,确实有点怪。

坐在王聪旁边的小朱和小齐都说，这不叫事，你不说我们都不知道你往我们的纸篓里扔过东西。

王聪笑说，我是轮着往你们的纸篓里扔。看来不仅"偷"东西不好意思，"扔"东西，也是一件不好意思的事。

我对王聪说，好了，现在你也是有纸篓的人了。王聪说，原来认为要有房、有车、有理想，现在看来，就连纸篓都得自己有一个。

躲起来

小欧做老板，心慈手软。有人说，慈不带兵，义不掌财，小欧觉得说的就是自己。但那几年经济形势好，运气也不错，所以，小欧企业的效益还是很不错，所以他也觉得，还是别那么苛刻，和气生财。

尽管效益好，小欧做老板也不合格，比如他给员工布置了工作，到了时间，他都不好意思去问人家是不是完成了，他倒不是担心别的，是怕人家如果完成而尴尬。

疫情持续了快三年了，很多企业都挺不住了，缩小规模或者裁员。小欧想不想收缩战线呢，也想，但是他听高参说，企业只能是越做越大，往小处干，输了气势就完了。另外，小欧更不好意思裁员，他想着员工们如果没有工资可领，那可怎么办呀。

小欧也预想了和员工谈解除工作合同时的那种尴尬气氛，实在也是不好意思说出口呀。小欧想起来自己小时候的一件事。那时小欧还在老家住，他在供销社买了一件东西，超出了母亲的接受范围，当他兴冲冲地回到家的时候，母亲有不悦之色，小欧就慌了，母亲说你去退掉了吧。小欧清楚地记得，他在供销社的柜台前徘徊了一个下午，最终也没有说出来要退货的意思。后来还是售货员主动帮了他。

疫情的后期，小欧每天仍然按照原来的工作时间出门，他主要是因为怕待在家里让妻子担心，而到了办公室，他就在自己的屋子里把门反锁上，要不然就是躲在办公室楼下的咖啡厅里，这样如果有人找他可以随时上楼，如果没有呢，他就可以怡然地看文件。

他躲起来，主要是害怕别人的期待或愧疚的目光。他想，自己倒无所谓。

儿子洗澡

小欧对儿子洗澡的记忆，是儿子坐在一个澡盆里，欢快地笑着扑腾。

这次搬家收拾东西时，那个盆被小欧找了出来。儿子还不满十八岁，但长得又高长壮。看看那盆，再看看正在客厅专注地鼓捣雕塑的儿子，小欧估摸那个盆现在也就能放下儿子的一只脚。小欧跟儿子什么也没有说，只是悄悄地把那个水盆放好，他准备放到新房子的浴室里去。

小欧对儿子洗澡的其他记忆是儿子唱戏。家住在三楼，每次回家，他会停下脚步来，驻足几秒钟，抬头看着房间里灯光亮着，才满意地走进楼道。有几次，小欧看着房间里的黄色的灯亮，正要往楼道里走，就听见楼上有人在唱京剧，声音稚嫩，但已经不是孩子的声音，马派老生，唱得有点儿苍凉的味道。小欧知道那是儿子在唱，儿子忽然迷上了京剧，嗓子一般，但唱得投入。楼下正好有个长椅，那几次小欧就坐下来，完整地听完了儿子的戏才上楼。唱戏时儿子都正在洗澡，小欧其实也很纳闷，为什么不少人都会在洗澡的时候唱歌唱戏？是不是借着水声，声音会显得悠扬，要不就是在一个密闭的空间里，人更容易自我陶醉。小欧想起自己年轻时其实也喜欢在洗澡时唱戏,但他也说不好,自己不上楼,是想完整地欣赏戏,是回顾过去,还是担心打断了儿子唱戏的兴致。

家终于搬完了。虽然有搬家公司的人忙活,但儿子也跟着出力。晚上儿子光着膀子进浴室洗澡,扇子面的身材,有男性之美。小欧看着儿子的背影,有种感动。那个水盆被小欧放进了浴室,相信儿子会看到。

马老的箱子

马老是个华侨,跟我是朋友。

我记得马老教了我很多东西,比如在不同的场合要戴不同的手表,登山运动时和参加宴会时如果都戴相同的手表,那是很不讲究的。

"要有一套西装平时绝对不穿",那是至少十五年以前的事了,他说"正式的场合再穿",他还说"出席重要的场合之前,一定要洗个澡","这是规矩,也是秘诀"。他说着,露出非常得意的微笑。

马老出门时穿西装戴礼帽,要提上一个箱子,哪怕是近途不出城,箱子也要提着,并且从来不交给别人。那箱子四四方方的,比一般的公文包要大一些,就像电影里黑社会的人用来装整齐现金的那种,黑色的。马老对我说,"做律师的,拿公文包不能随意,有人拿着个买衣服用剩下的提袋装案卷,那没有规矩"。

外出时如果有人来接他,马老一般早已穿戴整齐,对我说,来车接,这是派头儿,你要学着点儿。马老的风格里有洋味儿,他做过德文翻译。

有一天马老忽然对我说,我给你们当顾问吧,给你的年轻律师讲讲课。他讲的头两次可以,后来重复的内容多,年轻人不太爱听,大家的兴趣在于那个箱子,都觉得箱子夸张和神秘。里面装的是什么呢,主任你知道吗？我说我也不知道。

那天马老讲完课站起身来,提着的箱子失手掉在地上,秘密曝光了,里面除了一副花镜,就是旧报纸。马老俯身捡起报纸装进箱子,好像没发生什么。

上车时我对马老说,我说帮你提着,你还不愿意！马老笑说,没事。

那年马老已八十多了,现在他怎么样了,还真不知道,也许他已经不在了。

没说的

这天，阿发觉得和相亲女朋友的关系，要么开始，要么就结束吧，就又约人家喝咖啡。

阿发不知道自己是不是喜欢对面儿的这个姑娘。要说姑娘挺漂亮的，周正，水灵。阿发却觉得姑娘像个动画片里的假人，不真实。几次约会，阿发都拼命找话题，刻意就显得很累人了。姑娘话也不多，每次坐在一起，就那么相互愣着。每次阿发都觉得没有下次了，下次约，姑娘却还来，继续大眼儿瞪小眼儿，面面相觑。

这次，阿发想起爷爷的朋友赵爷爷，那时来家里串门，一坐一个晚上。每次来，都自带一个大茶缸子，沏好的喷香的茉莉花茶。赵爷爷还对阿发说过，我茶叶都自带，不占你们家便宜。爷爷和赵爷爷相对无言，自己喝自己的茶，到灯火阑珊，赵爷爷自己站起来就走，爷爷也不送。他们不仅不说话，其中的一个人经常打盹儿，夸张的时候两个老人对着打呼噜，不耽误第二天还在一起对脸儿坐着。阿发纳闷，问过两位老人，你们没话说为啥还凑合，赵爷爷说，不是没话说，我们是没的说！爷爷哈哈笑，补充，尽在不言中。

阿发觉得和相亲对象的关系,真像爷爷和赵爷爷。想着连自己都笑了。

因为实在不知道说什么,豁出去的阿发索性就给姑娘讲爷爷和赵爷爷的故事,把姑娘也讲笑了,说,那我们之间不是没的说,我们就是没话说。

他们就接着喝咖啡。

阿发觉得姑娘特别真实,也有趣,自己也就放松下来,不觉得累了。不知不觉,一个下午就过去了,天快黑了,阿发说,咱吃饭去吧,姑娘说好呀,咱们吃完饭再回来接着聊。

双气房

那阵子，谁要是能轻描淡写地说，我住"双气"房，恐怕比现在住大别墅还要神气。

我邻居小妹叫张颖，她那时的理想就是，嫁人要嫁有双气房的。

煤气和暖气，是为双气。有煤气，用来做饭；有暖气，用来取暖。双气房，就彻底不用点炉子了。点炉子太脏了，满屋子黑灰，半夜灭了真是冷，除了被窝无处躲藏，关键是，在炉子灭了的时候，被窝也凉。用小煤球炉子做饭，太笨重了，围绕着炉子放了一地炊具，锅碗瓢盆，还有酱油和醋、一锅煮好的稀饭，这是张颖家的日常，当然我家也好不到哪里去。

家有双气房，是要登载在征婚启事里作为一个重要的"条件"的。没有双气房的小伙子再优秀，也不一定能得到姑娘的爱情。张颖们想住在双气房里过一生，那时想不到若干年之后双气是标配，也来不及想，就算是想得明白，也等不了。张颖就跟我说过，嫁给谁还不是过一辈子呢？你说是不，哥。张颖说，这辈子，再也不能像我爸妈那样住在肮脏的、需要点炉子的房子里。只要有双气房，谁都行。

张颖就是看着这样的征婚启事嫁过去的。但是她发现,那个小伙子说的双气房,是骗人的。煤气不是管道的,而是煤气罐,暖气不是政府的集中供暖,而只是自己烧的土暖气。张颖本来想要发作,后来委屈地想想,小伙子毕竟人还不错,而且事已至此,又能怎么样呢?就也没再追究,后来不久就家家都有双气房了。张颖的感想如何,我没有听说。

前些天我听说张颖的姑娘现在都快嫁人了,她这辈子过得还不错。

"用不上"和"过期了"

谁也不会想到这次疫情会持续这么长时间。所以，当阿发收到了同学从北京寄来的口罩的时候，他感到太惊讶了。这么多，满满一大箱子，这怎么可能用得了呢？阿发想，肯定用不上。

疫情刚开始的时候，口罩确实不好买，那时都开玩笑说，相亲不看钱包里有多少钱，要看有几个口罩。但现在情况已经好多了，物资不缺，人心稳定，口罩都储备了不少，寄来这么一大箱子，哪有这个必要！同学自己开工厂，就是生产口罩的，跟阿发一家都熟。媳妇跟阿发说，也许他是卖不出去了，送送人，总比烂在自己手里好呀。媳妇的话，阿发当然不爱听，他不敢反驳媳妇，就瞪了媳妇一眼。阿发还是被同学深深感动了，真是够意思，有同学就是好。

时间过得很快，一年过去了。疫情有反复，但稳定向好，戴口罩已经成为了习惯，到哪里去办事都要求有口罩，出门时如果不戴上口罩，自己都觉得少了点儿什么。一天下来，人均怎么也要用掉两个口罩。

家里口罩的存量渐渐就见底了，阿发于是想起了同学的那一箱子口罩，就打开看看，准备拆开其中几小包来用。

拆开箱子,再拆开小包装袋,阿发看见里面有一张产品信息的纸质单子,书签一样大小,写明产地、规格、出厂日期等,这都是按照《产品质量法》的要求,是必填项。阿发忽然注意到,单子上还有口罩的保质期,细看,还有两个月这箱口罩就过期了。

口罩还有保质期,这是阿发没有想到的。他很惊讶,以为用不到的,忽然就要过期了。

本次列车终点

疲惫的人在地铁上站了一路，途中几次有人下车，但获得座位的都不是他。

地铁上广播里的声音，说是请将座位让给有需要的人。他想，谁没有需要呢？这句话可以改为，请将座位让给更需要的人，老人、孩子、孕妇，这些特殊人群可能是更需要座位，但是青壮年也并非不需要，比如自己。车上的人都很疲惫，都一脸木然，有的人在睡觉，更多的人是在看手机。中间有人起身为一位老人让了座，他还年轻，属于给别人让座的年纪，不会有人给他让座。

每站都会有很多人下车，但是上车的人也不少，自己身后的、旁边的座位起起伏伏，就是轮不到自己，能有个地方站着、把手腾出来举起手机来看就不错了。如果一定想在途中获得一个座位，那就要尽量地挤到有座位的人前面去，并且要学会观察，面前的人是不是有下车的迹象，而且还要眼观六路，耳听八方。观察得再好也不如脸皮厚，看到有人站起身来，就勇敢地挤过去。

在人群中他睡着了，站着也能睡着，之前好像是传说，现在他终于信了，他站着睡着，醒了好几次了。换乘站上下车人多的时候，他就醒了，列车一旦平稳运行，他就又睡着了。

他又一次醒了,这一次他发现有了空座位,就是"伸臂可及"的地方,他有些迟疑,就坐了下来,他这才发现,左右都是空位,目光再伸展一些,前方也是空位,人陆陆续续地都站了起来,他想,他们怎么都不坐了?

　　他也就站了起来,下车了,本次列车已经到了终点,大家都下车了,座位终于轮到他了,终点也到了。

不敢坐到对面

老王是一个略显沉默的人,在人群里绝不显山露水。到一个小饭馆里吃饭,也会挑最不起眼的角落,坐在最尽头的桌子上,选择"脸朝外"的方式,背对着墙,他总是担心"背后有人"。但老王干得还不错,有一家规模还可以的公司。

这一天老王事少,想在中午的时候去散步,连同找个小饭馆把午饭解决了。老王的公司没有食堂,正在逐步解决中。

老王走到附近一家面馆儿,走到屋子的最尽头,坐下后才发现,自己对面隔着的桌子上有个年轻人,正和自己面对面坐着,这不是公司新来的牛宝吗?这小伙子不错,这是老王的看法,就是不太爱说话。

老王很想邀请牛宝过来一起吃饭,甚至自己主动坐过去,也不是不可以。两位男同事,在吃饭的时候偶遇,合在一起吃,那不是太正常不过的事情了吗?但老王犹豫一下,没有说话,他想也许年轻人正在等自己的女朋友,或者等其他人一起吃饭,自己这个年纪了,不能讨嫌,如果太冒失了,会让年轻人和自己都很尴尬。

但最尴尬的是这顿饭的过程,老王和牛宝隔桌相望,各自吃各自的饭,都觉得搭话也不合适,不搭话也不合适,吃得那是相当别扭。直到牛宝匆匆吃完,对老王说,您先吃着,就转身走了。

后来在公司的年会聚餐上,老王对牛宝说,小伙子嘛,太闷、太矜持不好,那天你端着碗过来,坐到我的桌子上一起吃,有什么不好?

牛宝说,领导呀,我也怕您在等别人呢,我不敢坐到您对面呀。两人相视一笑。

其实,不管谁,坐过去也就坐过去了。

不来者不遗憾

那一年暑假期间,哥哥跟着学校的夏令营活动出国到了欧洲,大长见识。没有那么多名额,弟弟在家里哪儿也没去,就自己读书玩耍了,哥哥猜测,弟弟虽然坚强,也一定委屈地偷偷抹了一把眼泪。

觉得愧对弟弟,哥哥归来后忙不迭地对弟弟说,我看到了欧洲古老和现代的风情,我在轮船上看到了大海上壮美的日出!

哥哥说这些话的时候心情很复杂。他真诚地遗憾弟弟没有能跟自己一起去,也因为不能完全分享出自己的感受而痛苦,更因为自己独享觉得对不起弟弟。他也为自己的优越感而稍稍自满,又为这种自满感到惭愧,于是就拿出相册,把见到的人和事指给弟弟看,瞧,这是巴黎,这是伦敦,这是我这次认识的最好的朋友。你没有一起去,实在是太遗憾了。

弟弟说,我不遗憾,因为没有去,所以不遗憾。

这个暑假,弟弟除了读书,还跟着父亲一起在家里的院子里种菜养花,也学到了很多。

弟弟说,你出国看到欧洲心欢喜,我留在家里,看到院子里花开,也一样心喜欢。弟弟甚至说,欧洲和家里的院子,相对浩瀚的宇宙，其实是等大的。弟弟又说，哥呀，没有看到欧洲，但我也许看到了自己。

哥哥有点发愣，弟弟说的意思他也能理解，但弟弟这一番深刻的话，反而让哥哥感到吃亏的是自己了。

弟弟接着说，见识广袤的世界，也见识自己的无知。没看到就浑然不觉，只剩安静。

哥哥也不再有介绍下去的兴致，只好说，下次去欧洲可能就轮到你了。

弟弟说，要是有机会，那我就也去看看吧。

不如砸掉

十七岁那年的一个早晨，阳光明亮，碎银子似的洒在牛宝的后背上。他觉得星期天的太阳就是比星期一的要好一些。

在院子里写作业的牛宝，和父亲两不相干，各干各的事。父亲也难得休息，在院子里收拾各种工具，做卫生。牛宝那时正是青春期，没有什么人生经验，也许他的脸上青春痘消退了，但是稚气未消是一定的。这个年龄的年轻人，一般跟父亲话不多，牛宝也是，牛宝说话都不多，懒得说话。

写着作业的牛宝偷眼看父亲，父亲光着上身，肩膀上披着一条毛巾，后背上有阳光一样细碎的汗珠。父亲正撅着屁股，跟一根木桩根较劲。院子里有一个木桩根，已经记不清楚是什么时候木桩折断了，留下这个木桩根，基本上已经快烂掉。虽然只剩下根部了，但矗立在院子靠近中间位置，很碍事，弄不好会绊倒人，不仅危险较大，而且看起来也不顺眼。

父亲正想方设法把这木桩根拔出来，费了很大劲儿也没能如愿，借助了好几种工具也没有成功。牛宝想这还不简单，就走过去，推开父亲，随手拿起一把父亲常用的大榔头，向下猛砸几下，木桩根就埋在地下了，他再用土铺平土地，就好像什么也没有发生过。

　　他没有选择拔掉木桩根，而是砸下去彻底埋葬了那段朽木，他对父亲说，很快木头烂掉了，就没事了。

　　他记得那个早晨父亲的复杂表情，有点不服气，父亲最终还是大度地说，想不到你也能有这样的好办法！

　　几十年前的事了，现在他觉得父亲又了不起，又不容易。就喊，儿子，你看看我这个电脑，哪里出了毛病。

还没有开始，就结束了

昨天一起吃饭的单哥，在三杯酒下肚以后说，还有四年。我问，又怎么样？他说，我就退休了。

单哥人潇洒，长得年轻。虽然到了快退休的年龄了，看起来仍然帅。

单哥乒乓球打得好，他两面起板，还有一手漂亮的高抛发球，他打球的时候喜欢玩帅耍酷，放高球，鱼跃救球，左右手换手击球。他常穿红色的球衣，要多帅有多帅。女球迷不少。

单哥看起来是很快乐的，好像一点烦心事没有。但几位朋友是知道的，单哥有个心愿，单哥一直是主任科员，他想当科长。十多年前我就问过单哥，当个科长很重要吗？单哥讲，也没有那么重要，可这是我父亲的心愿，我干了一辈子，也想获得一个认可。

但是单哥都快退休了，单哥还没有开始，就要结束了。

昨晚的单哥有些失落，我安慰他不必伤感。单哥说，有的事，虽然短暂，毕竟开始过，而有的事，从来也没有开始过，还是有些遗憾。我知道单哥说的是他当科长的事。我可以有一万句话来宽慰单哥，可是，事埋在谁的心底谁知道，别人谁劝也没有用。每个人也都有类似的心结，劝有什么用，相互不劝，与其相劝，还不如和他一起喝一杯。

　　昨晚是三个人一起喝酒，还有一位是雷哥，起身告别时，雷哥忽然说，你们说的是什么呀！不就是个科长吗，当不当不要紧。你们好歹还有想法，我从来也没有过理想，就过来了。这才是没有开始，就结束了呢！

　　出门时春风正大，我们三个人几乎是相依偎着走到大街上，不约而同都戴上了帽子，我们都老了。

明天再约

他在家中宴客,忽然电话铃响起,有朋友介绍别人要来看自己隔壁楼的出租房。

他说好,想等朋友带着人来,就到对面楼让人去看一眼房子,不耽误回来继续宴客。

但他忽然想起来,那房子的钥匙忘在办公室了。

如果到办公室去取,往返要一个小时,朋友说半个小时后到楼下,让朋友等,觉得失信于人。而且他正在宴客,如果离开太久,显得也不合适。

这时候他脑海里闪现出一个办法。

把锁砸掉。

出租房的门锁,是锁在铁扣吊环儿上的挂锁,其实一榔头砸下去,锁就会打开了。到楼下买一个新锁,把旧锁砸掉,看了房子之后,换上新锁就可以扬长而去了,好像什么也没有发生。

回办公室拿钥匙,往返需要一个小时,并且还要汽油钱,最重要的是耽误事,而换一把新锁,成本也就是五块钱,再加上自己砸掉原来锁的一分钟时间。

他犹豫不决。

砸掉锁，当然简单，可是，一个锁挂在门上，不能就这样被砸掉，那是锁的尊严和秩序的坚守，素来是防君子不防小人，一个正人君子，怎么能做拧门撬锁的勾当呢？这样做实际上破坏的是社会秩序，榔头砸下去，砸的是公序良俗，还会产生不良的示范效应，不能不能！

又想，又没有撬别人的锁，处置自己的私有财产，有何不可？

他快速地离席、下楼，买新锁、做贼似的到对面楼，砸旧锁，换新锁。就又回来，跟朋友说，上了个卫生间，咱们接着喝酒。这时要看房子的朋友来电话，说想租房的人今天没有时间，明天再约吧。他咽下一杯酒，说，好的，好的。

如果遇到一只野狗

如果你遇到一只野狗,你不要怕。妈妈对儿子说。

儿子说我很怕呀,狗会咬人。

妈妈说,其实那些野狗吧,如果你不去招惹它,它是不咬你的。

可是,妈妈,那些狗总是会跟在我的后面。儿子说。

跟着就跟着,你该怎么样就怎么样,你走你的,狗觉得没趣,也就不跟着你了,如果你跑,他就追,狗就是这样,你一跑它就追。

说话的妈妈显得很有经验,其实这位妈妈也无非是个年轻的女孩子,如果狗跟在她的后面,她也一定会紧张的。但是面对儿子,她还是要摆出权威的样子,她接着说,最为重要的是,你不能跟狗对眼神!

妈妈说得很严肃,也许这是她的长辈告诉她的,也许这真的是她自己的体会。儿子也听得很认真。

你一看它,它就有可能扑过来。妈妈说得跟真的一样,儿子听得很入神紧张,好像眼前真的蹲着一只狗呢!

妈妈接着说,假如狗要咬你,你就猫下腰,快速地蹲下来,狗以为你在找石头，它就会吓跑了！妈妈认真得像个小姑娘，这可能是妈妈所知道的最后一招了，关于遇到野狗的全部战术，妈妈已经倾囊相授了。儿子又问，如果狗真的咬呢？

那，你就真的捡起石头，砸过去。妈妈坚定地说。但是妈妈没有说，如果捡不到石头该怎么办，儿子也没有问。

列车继续前进，这一路的高铁上，母子二人有时说话，有时沉默下来，正是梨花开花时节，一路都是白花绿树，在远处的山上和铁轨的不远处。

我就坐在这对母子身后边，我听着人家的谈话，想起很多个类似的场景，转眼就人到中年。

浴缸、桑拿房及其他

那天小欧在自己的卧室卫生间里洗脸的时候，忽然发现在卫生间里还有一个木制的桑拿房，虽然不大，但是那真的是个"房"，有一个玻璃门，木色的。小欧有点奇怪，怎么还有个这样的东西？仔细想想，那年装修新房子的时候，这是自己跟妻子提出的，要一个桑拿房，这样就可以在家里"蒸桑拿"了，蒸桑拿可以出汗，便于减肥。但，这都好几年过去了，一次也没有"蒸"过。

小欧就有点发愣，这些年都忙什么了呢？忙得就连一个晚上蒸桑拿的时间都没有。小欧环顾了一下卫生间，靠窗的地方还有一个雪白的浴缸，小欧就觉得挺对不起这个浴缸，家里聘请的小时工这几年都是每周来两次，每次都会把这个浴缸擦得很干净，但也是一次也没有用过。没有浴缸的年轻时候，小欧想过很多，比如在浴缸里洗澡的时候，上面撒上玫瑰花。还曾经发过誓，用完了的浴缸，一定自己冲洗干净，不留污垢！一次都没有用过，有的只有尘土，没有污垢。

小欧的目光从内到外，卫生间外面连着一个小小活动室，那里有一个看起来很不错的跑步机，跟桑拿房、浴缸都是一前一后购置的，也没有用过，现在跑步机的扶手，成了晾衣竿，活动室开着窗,小欧的一件白衬衣,正在迎风飘扬。

往书房里看看,桌上有没有启封的宣纸和没有拆包装的毛笔,理想很多,力不从心。

小欧又走回卫生间,打开桑拿房那扇玻璃门,迟疑了一下,他把自己坐进去,在里面把门关上,就好像躲了起来似的。假想桑拿房是热的,小欧在里面坐了很久。

从长春西到沈阳北

我在高铁坐靠窗位置，听见中间位置的兄弟不停地打电话，说的内容都是案件的事，间隙中，我问他，你是律师？答是在锦州做律师。我说我也是做律师的，执业地域在京津多。

彼此欢喜同行相遇，谈起行业的事，准备畅聊，过道位置的老哥忽然隔着锦州律师说，您是天津的律师？我有一个案件在天津呀！

过去人们在火车上交朋友的概率非常大，很多人在火车上谈成了恋爱。现在人们都谨慎了，这个场面真是少见。

老兄如果晚一会儿加入聊天，我和锦州律师就要互留联系方式了。忽然都矜持起来，我猜想也许两位律师在想，还要不要也加这位老兄的微信呢？不加不合适，加了太啰嗦，律师尤其理性，也都过了过分热情的年纪了。

闪念之间，车由长春西来到了沈阳北，我要在沈阳北换一个车厢，我起身向两位告辞，在过道老兄的遗憾中，我逃也似的向前走，老兄连珠炮般的问题，我实在是招架不住了，律师确实极不习惯路打路碰地解答问题。老兄问我，你说我有理吗？对方是不是走关系了？你能帮我打这个官司吗？……不深入研究材料、没有把握，律师不能轻易下结论。

这时锦州律师也站起身来，他期待地问我，你这是要从沈阳北换乘吗？我说我只是换车厢，他说哦，那看来不能同路了。

我们一前一后地向前走，其实这时又有了留联系方式的机会。但我想，刚才如果留也就留了，现在也没有那个心情了。更何况就算留了，也是匆匆忙忙，再无消息。

我换了车厢坐下来，一抬头，看见那位锦州律师在站台上茫然地往前走，那是我和这位陌生的同行最后的缘分。

萍水相逢的老朋友

我从公主岭看守所出来时是上午十一点多。

从这里到长春西站有五六十公里的路程,回津高铁是下午一点多开车,我确信有足够的时间从容赶到。

伸手拦了一辆出租车,上车说长春西。

司机显然觉得这个远途业务还不错,但他情绪好像有一些复杂,不太情愿去。

过了大约半小时,电话铃声响了,他按了免提,来电话的是他的女儿,说,爸爸你怎么还不回家吃午饭呢?

他说我去长春,女儿说你怎么又去长春,早上不是刚跑了一趟吗?

他只说你们先吃别等我了,一个半小时后回家。

我这才明白了他刚才情绪的复杂,我拦车时他已经做好了回家吃午饭的准备了。

他忽然对我说,看你从看守所出来,你是做律师的吧?出门在外都不容易。

我说,你也不容易呀,耽误了回家吃饭了。

他说,不能拒载乘客,而且,有钱我当然要挣啊!好不容易赶上个道儿远的。不过刚才确实有点儿沮丧,媳妇儿给我煮面条吃,我也特想回去吃。说着他得意地笑了。

话题就打开了。他指着路边的一片空旷的区域一脸幸福地说,看,比亚迪要在这里建厂了!

这时他好像有了一个重大的发现,对我说,你为什么要到长春去坐车,公主岭的高铁没有车次吗?

多次从长春中转,我还真不知道公主岭有高铁站!

说着到了长春西站,在手机上查到公主岭到天津的高铁是十二点多的合适时间,完全没必要来长春。他笑说,你其实不用花这一百多块钱车钱。我说那样也不会耽误你回家吃饭了。

我们抓紧时间聊着、感慨着,我下车时,他热情地挥手道别。那样子,仿佛我们是相识了已久的老朋友。

解放墙和自己

很多年来,每家的客厅里最重要的那面墙,一般都是电视墙,从九英寸黑白电视机,先是摆放在桌子上,再到后来直接挂在墙上,电视机占领人的眼睛、情感,也占领人的墙。

电视机曾经带人们看见外面很大的世界,也捆绑了人的思想。

那年我把电视机从墙上摘了下来,墙就空空荡荡,竟然找到了久违的感觉。那些没有电视机的童年我还记得,没有电视机,其实有很多益智游戏可以去做。回到过去,夜晚很安静,可以有书卷来静读。钟表的嘀嗒声和虫子叫,其实一直有,安静下来,就会发现那些声音的悦耳动听。如果再用心一点儿,能想起很多往事。

空下来,墙就可以摆满书架,可以挂上喜欢的字画每天欣赏,也可以就是一面白墙,留出大大的空白来,做个电子墙也行。一间屋子,一共就四面墙,人还需要门才能进来,需要有一面墙做成窗以便于让阳光也进来。仅剩的两面墙,一面留给电视机,一面留给自己的背影,这样确实太乏味了。

因为要看球赛,今年我又买了一个大屏幕的电视机,是有支架的那种,看的时候推出来,不看的时候我把它放在一边收好。

电视机不是必须有，可以有，也可以没有。现在又出现了电子屏、投影仪、激光电视等很多种换代的产品，电视剧可以看，在家也可以看电影。不仅能坐着看，躺着也可以，把光投在天花板上就可以了。天花板可以解放墙，过去敢想吗？失眠时别看天花板了，看天花板上的电影吧。

当然，有智慧的人说，人们从电视中解放出来，也并没有回到过去，拿起手机了而已。

需不需要结尾

那天中午热,赶到饭店门前快迟到了。见路边停车场收费岗亭旁边有个空车位。但车位上停着辆自行车。想喊收费员来帮忙,亭子开着门,里面却没有人。

等收费员很久不来,自行车主也不见回来,我只好喊了一声,有劳,这是哪位的自行车?

就见路边水果店一个提着篮子的人,听声音回头,说我的我的。怎么这么巧呢?这人是我八年前的司机老申。

他热情地说,这八年他给一个日本人开车。早上接,晚上送,中间的时间日本人没事,他就开着车去钓鱼,日子过得美。我说你会日语,还是日本人会汉语?他说语言不通,拿翻译机来翻译。又说,就是接送,也没有几句话说。老申老了,但他对我说,你没变样!老申客气。

往饭店走,就想把遇到老申的事写一篇"路上五百字",但该怎么样写结尾?当然,不是所有的故事都需要结尾,日出日落,关灯睡觉就是结尾。我遇到了老申,这是文章的开头,也是结尾。

但生活总会给文章找到结尾。

我和朋友吃着饭,就把遇到老申的事对朋友说了,朋友说真巧!那时我一抬头,对朋友说,可不是巧吗?怪不得我刚才找不到收费员。

朋友说啥意思,顺着我的目光看去,对面儿一大桌子坐了一群穿着蓝黄相间工作服的停车收费员,怪不得找不到他们,他们正聚餐呢。

饭后我和朋友一起往车的方向走,朋友说收费员饭还没有吃完,今天你免费停车了。我从我的挡风玻璃上拿起收费的二维码单子对朋友说,人家虽然吃饭,但业务没耽误。

都不知道这个单子他们是什么时候放在这里的。

并不多余的声音

人们在 ATM 柜员机前取钱的时候，能听到机器里轰隆隆的声音，就很有一种收获的喜悦。憧憬着取到钱，可以去买想买的东西，送给老母亲或是孩子，在声音的节奏里，很有成就感。其实那声音只是一种配音，跟钱币从机器里吐出来关系不大。

在使用吸尘器的时候，也能听见不小的声响。看着房间因为自己的劳动而变得很整洁，简直能被自己感动了。吸尘器的声音是雄壮的伴奏，越干越带劲儿。其实吸尘器的工作原理跟声音也没有关系。

有句广告词是，没声音，再好的戏也出不来。看来不仅演戏如此，就连生活也是一样。人们需要用眼睛看到，也需要用耳朵听到。

过去人们用传统照相机、数码相机拍照，快门的咔嚓声，就是摄影的情调。尽管现在人们日常的拍照换成了手机，但也还是得有咔嚓声，否则人们会觉得，没有拍照嘛！

过去的作家、写作人的写作过程，是静夜里笔尖在方格稿纸上沙沙的声音，后来都改用电脑了，其实只不过变成了键盘的敲击声而已。声音从来不多余。

那些武侠动作电影,一招一式,如果不带配音,电影就好像没法看了。还有足球比赛的解说,听着好像很烦,觉得自己的观点比解说员强多了,干脆静音。但是听惯了,没有还不行,不仅解说,还要有赛场上的嘈杂的声音,这球赛看着才过瘾。

最后一定会说到亲人的鼾声和唠叨声,习惯了,听不见是真不行。在安静的时候,多年前的生活细节忽然被想起来,不仅有画面,也会有声音,清晰极了。

能让人瞬间泪流满面。

催菜哲学

除了味道好吃、价钱公道之外,"上菜快"也是食客选择饭馆的重要原因之一。

催还是不催?这是个问题。更多人认为,催也没有用,还不如等着,反正总会上菜的。还有人的催菜哲学是,不要催菜,而是要说退菜,一说退,菜就会上来了!

催了的,服务员会说,我去后厨给催一下!也许服务员根本没有去后厨,转了一圈儿回来说,做着呢,马上就好!食客听了,焦虑缓解一些,过一会儿菜上来,就吃吧。大概率菜是会上来的,好多桌都催菜,都想快点吃,催也就没用。

如果亲自去后厨看,别说上锅炒,也可能还没洗呢。服务员和食客彼此都不挑明,等着吧。也有人是不敢催菜,菜掌握在人家手里,往里吐唾沫自己也不知道。

催了两次还不上菜,也有食客真急了的,退费、当堂提意见,都有可能。人家忍无可忍了嘛。所以,饭馆要有个统筹,不能忽略了某一桌,至少让他有个菜先吃着,占上嘴,也就不说话了。有一些饭馆有好的举措,比如赠送个葵花子先嗑着,或者赠个压桌碟,就是稳住客人的意思。也得注意,菜不能吃完一个再上一个,否则不仅客人着急,可能一晚上流水席都吃不饱,不出事才怪呢。

哪个桌子的感受都要照顾到,讲规则,讲究先来后到。不然食客左顾右盼,比自己来得晚的几桌都上菜吃了,不仅嘴急,而且面子也不好看,当然就急了。

明厨亮灶,再有个电子屏显示,哪位厨师正在做几号桌的菜,食客不仅对卫生情况心明眼亮,什么时候能吃到嘴也清清楚楚,保准满意,没纠纷。很多事都是如此。

一生见不了几面

那时候交通也不发达,很多亲戚之间,一年能见上一面也就不错了。见一次面哪里有那么容易呢?要提上两盒点心,也得收拾一下头发,做一身新衣服吧?这样的道理,小孩子非得长大了才能懂。

现在见面的次数,其实也许更少了。躺平的年轻人不再跟亲戚来往,不知道来往的意义,甚至搞不清复杂的人物关系,见面不知道怎么"排辈儿",就连恋爱都不谈了,还见什么亲戚?通信发达也不见得是一件好事,电话里已经拜年了,还有必要见面吗?通过微信朋友圈对彼此的动态都很了解了,也就没有好奇心。视频见面也可以,能节省很多时间。

认识的人越来越多,要做的事情也不少,人也都在慢慢衰老。一年见一次,还能见到多少次?忽然一丝记忆掠过心田,那年,亲戚长辈抱过自己,还给过自己压岁钱,心头一动,或者无动于衷。

亲戚尚且如此,朋友关系可能就更脆弱了。亲戚遇到婚丧嫁娶,总可能有关联,毕竟有亲缘关系联结着。朋友间一件事没有处理好,一个眼神不对,可能这辈子就是陌路了。就算是一直友好的朋友，彼此都有那么多事要做，说着下次好好聚，一晃一年，一晃几年，愿望美好，身不由己。

　　前些日子我到外地办案，见到一位"二叔"，他深情地回忆起十多年前上一次见面时的场景，他把每个细节都记得很清楚，让我感动。他老了，皮肤黝黑。他给我带了自己种的西红柿，临走时我把别人给我的香烟留给他，我抱了他一下，我猜我这辈子再也不会见到他了。除非我主动去跟他见面，可是，这有可能吗？

说出来

电影里也常有这样的故事，生活中也有这样的场景。一个小伙子和一个姑娘情投意合，常常在一起谈工作和学习，大家都觉得他们很般配。小伙子自己也觉得志在必得，认为姑娘成为自己的女朋友是个水到渠成的事。后来，是另外一个小伙子和这个姑娘最终走到了一起，小伙子不仅伤心欲绝，而且疑惑不解，为什么，这是为什么？想去质问姑娘，才意识到凭什么去质问人家呢，于是把调子低了八度，弱弱地问了一句，为什么不是我？

姑娘说，我还纳闷呢，你既然想，为什么不说出来？小伙子想想，好像确实是这么回事。自己没有说过。

说出来，这是一种本领，也是一个必要的程序，说出来才有可行或者不行的两种可能。

想主办奥运会，你不申办，人家为什么把主办权给你，不主动请缨，新人怎么可能会当先锋和主力，想要又不说，等什么呢？传统文化的教育可能让人觉得太主动了不好，纪律要求也有不能跑官要官的规定，其实这是两回事。力争上游，表达自己的心声，总不是坏事。

小伙子为什么没有说出来他的想法？他也许是不敢说，也可能是觉得时候还不到,他犹豫着没有来得及说呢,就被别人抢先了。更大的问题是,小伙子过于自信了,他想当然地认为,这还用说吗? 看来,还是用的。

　　当然啦,故事说到这里,这个姑娘,小伙子的心意你难道真的不知道吗,小伙子送你回家、小伙子送你礼物,你不是也都接受了吗? 光是等着人家说,至少在选择另外一个小伙子的时候,也得给人家一个最后通牒的机会嘛。

撞衫的可能性

一件流入市场的衣服，哪怕是生产了一万件，在市场的大海里，可能就像游向不同方向的鱼，很快就相忘于江湖。

如果穿在不同人身上的相同衣服相遇，就是所谓的"撞衫"。在电视上看到出席一个活动的两个明星撞衫，哪怕是不在一个活动上，也够让粉丝们兴奋了，他们撞衫了！

撞衫的可能性虽然不大，但偏偏也还是会撞到。明星能撞，普通人也有可能，你也买了一条这样的裙子呀，跟我的一样！也有人选择不说，悄悄地把自己的相同裙子收起来，从此再也不穿。很多名牌产品都有限量版，更有私人订制版，只为某个人制作一件。私人订制的目的就是防止撞衫，为了保证与众不同。

在全民都穿绿色军装、穿黑色灰色制服的年代，没有更多的花色品种和款式，撞衫的概念是不存在的，大家穿的都一样嘛，换种说法也可以说是全民撞衫。能出现撞衫这个概念，可见物质的日益丰富和人们生活的精细。那时买东西就是在村子的集市上，在门口的小卖部，商品手工操作，流通的范围很小，不像现在动辄是全国市场、国际市场，买衣服都是到国外去买，又有千变万化的样式，撞衫的概率很低，才会让人惊呼巧了。

和撞衫相近的新词汇叫做"撞脸",是说两个人长得太像了。有一些同时代的明星长得好像一个人似的,也有人和古人用一张脸,这就显得很奇怪了,这么没有特点的人也能红?

其实情投意合的人相遇,比撞衫的可能性还小,撞衫是个瞬间发现,人的思想深得像海,志趣相投要通过交流才能发现。

所有的车都要停下来

一路狂奔的车，在高速公路上行驶。超过一辆接着一辆，很过瘾。但往前看，路在延展，而前面的车好像永远有。哪怕经历了一段空旷没有车的路程，还是忽然发现了前面车的黑点儿，黑点慢慢变大，又有了目标，于是再超，只要路没到尽头，在前面还有车。

超越前车，是上路新手的梦想，也是加速前进的需要。也许就是为了超越，也许和超越无关，只是人在路上，身不由己，不超前面的车，自己的车开不起来，就无法准时到达目的地。

前面有车，后面也有。

任何车只要上路，就有被超越的可能。一边超车，一边被超越。看着很多辆车被自己超过去，也看着后面的车在自己身边鱼贯而过，能听见风的声音。

超越前面的车，是件累人的事。尽管内心里可能并不一定想超越，但还是超了，内心的得意因为厌倦，也许渐渐会变成无奈和不好意思。就像一个年轻的运动员，他想赢，但是他从来没有想过要战胜自己的偶像。赢了之后，也觉得没意思。

而偏偏走着走着，自己就走在了前面，屠龙少年变成了老手，在前面看着后面的车超过自己，也多少不甘心。只好抖擞精神，向前进。

如果想不被超过，除非停下来。还有一个秘诀是不上路也可以。

但，停得下来吗？看来是停不下来，前面是路，后面也是。停下来的车都是有事故的，高速公路上不允许临时停车。只好挪到一个路口，悄悄地下去，退出。不上路也基本做不到，就算能克制住新奇尝试的诱惑，人总要走到世界上，哪有不上路的道理呢。

但，所有的车，毕竟是要停下来的。

三十岁余生不多

我认识的一位三十岁出头的兄弟，有一次给我看了他的手机通讯录，他的联系人有两万多人。他有两个手机，各有一个微信号，微信联系人都有五千人，他的手机号码联系人和微信联系人并不重叠。他笑着对我说了一句让我对他更加刮目相看的话，他说这其中有绝大部分人，今生也未必再联系了。

为什么呢？我问。

他说，人一生的时间是有限的，很多人一辈子也就是一面之缘，换张名片，加个微信，就是一辈子的相互的所有了。

我说，你才三十岁出头，长着呢。他说，我的联系人有快三万人，别说我已经三十岁了，就算是我刚出生，人这一生也就是三万天，如果余生我和我认识的每个人都见一次面，一天见一个，我的时间就已经都安排出去了，这样讲，余生不多了。

这位兄弟接着说，我为什么要认识那么多人？我一天到晚去开会吃饭赶场，好像我就是为了将更多人的电话号码存在我的手机通讯录里，然后这一辈子也不再联系。

这有什么用呢？他说。

我安慰他，交朋友当然不仅仅是为了有用，至少不能绝对是为了有用才去交朋友。

兄弟说，你这样说就更对了。如果不是为了有用，那我就更不该去认识这样多的人了，我让这些陌生人占据了我的手机空间和生活空间，我哪里还有时间留给我真正的朋友呢！因为余生不多了，所以我更要把时间留给我真正的朋友！说着，兄弟笑了，向我示好，就像你。

我接着问，留下时间，和真正的朋友做点什么呢？

什么也不做，就这样在一起待着呗。兄弟笑得灿烂。

为什么不拒绝

很多人面临邀请,去不了也不拒绝。张老师,明天晚上请您吃饭,您可要大驾光临!哦,好的,我尽量。

回答得模棱两可,给自己留有充分余地,去也可以,不去也可以。明晚可能早就有安排了,也许犹豫了一下,但还是没有拒绝对方。

标榜不好意思、不忍心拒绝对方,这可能是原因之一。但也并非完全如此。先定的事也存在着取消的可能,把现在的邀请先应下来,之前先定的事如果取消了,那明晚也不至于空窗。

不好意思的可能性也很大,直接拒绝别人,太不会做人了。模棱两可地应下来,双方都不伤面子,哪怕第二天也没有别的事情撞车,自己就是真的不想参加,先应承下来也无妨,而如果第二天刮风下雨活动取消,那可就不怪自己了,对方还会欠人情似的。

这样的事情不少,所以发出邀请的人也并非不懂得回答的多重含义。一旦说"尽量",那不来的可能性就较大了,除非必须要邀请到这个客人,可请可不请,一般也就不用再打电话砸实了,这是社会潜规则的一种。

不拒绝的原因,还有可能是想给自己"扬腕儿",不三番五次地邀请,怎么能那么草率地就赴约呢?不爽快答应,也别生硬拒绝。更深的含义还有,直接索要出场费也不好意思,同时被邀请的人,地位是高还是低?自己是不是能成为最主要的宾客,参加这个活动能得到什么,这些都是问题。

那天,张老师在开饭前两个小时接到催问电话,才说真不好意思,我有事去不了!

对方回答说,其实您不来就不来,早点儿告诉我,腾出一个座位,请别人也一样。

不一样就是不一样

很多歌迷，其实内心里也梦想过像自己的偶像一样，站在舞台中央的人是自己，也有拿着荧光棒的歌迷陶醉挥舞。在角落里偷偷练习、在内心里"默练"的时候，觉得自己的歌喉很像样子。但别说到偌大的舞台，就是打开卡拉 OK，一张口，也还是会觉得，歌声跟歌星还真的不太一样呀！以为自己是俊男靓女的少男少女，照着镜子，起初自信，后来发现这不是真的。

看字帖的时候，明明觉得那样飘逸的字，练了好几年了，自己是有能力写出来的呀！落笔端详，怎么看也还是不像那么回事。到足球场上秀一下，失落地发现，梅西他们的动作，自己还真做不出来。

说出来的话，也已经不一样。

人们热爱这个世界，穷其一生，也表达不尽自己的思想。别说一生了，就说一时，想说的话总也不能说得更准确，求爱信和年终总结改了又改，说多了就啰嗦了，说少了又觉得不足，干脆把信撕掉才觉得干净。既然沉默是最好的表达，那所有的话似乎都可以不说，所有的文章也都可以不写。

给别人提意见，要犹豫很久，总是找不到最恰切的方式，担心别人不能接受，甚至恼怒，越是这样，说出来的话越可能走样。所以在误会的场合常见的话是"我不是这个意思"，那你是几个意思呢？直接说出你的意思可以吗？难就难在说不出来。还有一种情况是"气得说不出来话"。在台下的时候觉得自己能做一次精彩的演讲，但在台上总是"发挥不好"。所谓人生的舞台也是如此。也许是功夫没有下够吧，要不就是运气不好。

也可以没有

安静的时候可以看看自己的屋子，往往会发现太满了，什么都有。屋子里除了自己是人，其他都是物品，被包围了。

柜子里的衣服，不是都必须有。那么多柜子，也可以没有，扔掉柜子，就可以扔掉柜子里的一切了。

衣柜如此，书柜也是。书也可以没有那么多，读书当然有益，可是人这短暂的一生，能阅读的时间也是有限，其实就连经典著作都读不完，用无关的书占据自己的空间，把可能荒谬、乏味的思想占据自己的头脑，真是亏了。博览群书当然好，就在自己的领域深耕，认真地读几本书，也很不错了。况且还有很多事比阅读更高尚和有意思。

打开各种柜子，打开书柜和抽屉，发现过去买的很多物品都没有拆封，好像就是为了买的过程，就是为了拥有本身。可能还有毕业留言册和情书，也许那些记忆也可以没有。

很多应酬，也可以没有。应酬中没有酒，茶也行。一些会议不开，把会议精神通过其他方式来传达，也可以。播音员也不一定非要使用播音腔，使用生活化的语言，反而显得亲近民众。不是每件事都必须做，根本没有什么"起跑线"，跟妈妈用"您"是敬爱，如果说"你"，也不一定就是不孝顺。

没有那么多恨，也没有那么多爱，就没有烦恼。

就连这篇文章也可以没有，删掉一半的文字，仍然可以不伤原意，只保留标题，大家也能明白个中含义。领会不了的，说也白说。干脆标题也不留，直接删掉最干净。文章如果没有发现，可以不写，但偏偏重要的发现是，自己的发现可能有人已经发现了。

丢和被偷

孔乙己认为读书人偷书是不算偷的,那现在的职场人丢笔,也就不算丢。大家普遍反映,在办公室里,真的不知道笔是怎么丢的,刚才还在手里拿着,一转眼就没了,好在大家现在用的笔,都不再是具有特殊纪念意义或者有较高价值的钢笔,用的都是碳素水笔,丢了就丢了吧。当然,偷书还是故意,而笔丢掉的过程总是匪夷所思,没有人偷。

刚用着的笔随手就被人抄走了,自己用的时候也就到处抄。只是很奇怪,那些丢了的笔去了哪里?因为办公室的同事,人人都说自己的笔不知去向。人们都太忙碌了,忙得找不着北,也找不着笔。

还有很多东西比较容易丢掉,比如水杯,到一个陌生场合要喝水,尤其是那些比如车站机场的地方,就需要手里有个杯子去接水,这时候就容易把杯子丢掉了,忘在候机厅、忘在公厕、忘在飞机上。有人因为害怕丢,索性就不带,但代价是不方便喝水,只好渴着、忍着。

洗手时丢了手表,住店时丢了戒指和项链,都是经常会发生的事情,如果不丢杯子的秘诀是不带,那不丢手表和项链的秘诀是不摘下来，不摘下来一般就不会忘了。杯子和笔一般只能丢，而手表和项链、钱包，有可能自己丢了，也有可能是被人家偷了。

丢和被偷可不一样，丢是自己不小心，被偷则是被别人主动拿走，失去的内心感受大不一样。被偷，可能会引起自己对他人的愤怒，而丢了东西引起的懊恼里，有对失去物质的心疼的成分，有对自己的责怪，不管是丢还是被偷，都有对丢掉物品的眷恋，物和人，也有情感。

它们不会说话

手机好像都成了人体的器官了，须臾不能离身，即使如此，也还是有可能会丢。好在手机有个特点，能发出响声。

别说在外面，就是在家里，找不到手机了，也是常事。去卫生间带着，到书房带着，看电视的时候带着，总是带着，就算钻被窝了，还是捧着看，人总是挪地方，手机时刻不离身，所以也就给手机一起挪地方，这才会更容易找不到。一通找，发现就在枕头底下、就在书架上，也可能找了半天还是找不到。正是因为手机会响，所以如果实在找不到了，就用别的电话打给自己的手机，听见熟悉的铃声，内心就不那么焦虑了。

手机如果是丢在外面，打电话可能也没有太大用，因为有人捡到手机之后，第一件事可能就是关机。现在手机的查找功能很强大，就算是关着的手机，用定位的功能也能找到。人们也不拿手机当特别贵的东西了，谁捡到了也不至于马上关机。

而很多别的东西丢了，可能就在眼皮底下，就是找不到它，这多像很多人生机遇，就摆在面前，那就没有办法了。物件如果有思想，也会跟人一样着急，主人，我在这里，你怎么就不能发现。

还有很多时候，人们连着急的过程都没有，丢了东西自己毫无察觉。搬家、做卫生、整理旧物,才发现很多好久不见的东西,原来自己还曾经拥有过这么多,丢就丢了,找到了也就找到了,也并不一定能有失而复得的喜悦感。只是让人想起,哦,原来我还有个这样的东西。如果情感细腻一点,也可能会心疼那个物件,它不会说话,在这里安静了那么长时间。

多与少

我记得曾经读过一本民间传说类的读物上，有个小故事讲的是一个总是看起来很傻的年轻人，他和大家一起吃饼的时候，选择了一个最小的，大家当然又笑他傻。当别人的大饼刚吃到一半儿的时候，他的小饼已经吃完了，他堂而皇之地又拿起了一张大饼的时候，别人才都恍然大悟，原来他不傻呀！小饼吃得快，可以再拿，这样简单的道理很多人没想明白，反而是"傻人"能想到。

一位注意控制饮食的女士，看到桌上有一瓶被儿子喝了一小半儿的牛奶，看了半天，还是忍不住拿起来喝下了，并且暗暗觉得，好在喝的是小半瓶，估计对减肥的事情也不会有太大的影响。牛奶很好喝，也许是勾起了馋虫，女士觉得，刚才毕竟只是喝了一个半瓶儿的牛奶，问题不大，那就再开一瓶吧！就开了并且喝下。算总账，她喝了一瓶半牛奶——本来她是一点儿也不敢喝的——如果没有那个打开的半瓶的牛奶诱惑。冷静了一会儿，她觉得算过账来了，内心里觉得自己还是亏了，决心晚饭就不吃了。

过犹不及，多了可能就是少了。但也不要着急下结论，因为少了也可能就是多了。辩证法是大家都知道的哲学问题，但可能还是逾越不了关山，算不过来账。因小失大的事每天都会发生，大和小，多和少，分不清楚吗？在特定的时间和地点，被利益、情感等因素所左右，是有可能的，这就会面临损失了。而能冷静地充分利用多和少的关系的人，就是那个先吃了小饼的傻子，他又得到了一张大饼。

把文章压缩到五百字的人，损失了稿费，获得了时间。

看你拿起了什么

米饭和馒头，是中餐里比较主流的主食。米和面，米饭和馒头，基本上是二元对立，很少同时又吃米饭又吃馒头。

好像在人们的普遍认识里，南方吃米饭的多，北方吃馒头的多。实际上也不尽然，在京津地区，主食是米饭和馒头并重，而且好像是米饭更占上风，米饭似乎是个正统，在很多饭馆和食堂里，米饭是正餐，馒头是被归类到"花样"里的。这些年，一般家庭里也很少蒸那种过去常见的大馒头，馒头都变小、变秀气了，或者多以花卷这样的变种出现。大小宴会，米饭和炒菜（煎炒烹炸等都俗称"炒菜"）的搭配多，馒头在宴会上绝迹了，有的话，也是以银丝卷的形式出现。北方家庭常吃的烙饼，不管是"死面"还是"发面"的，好像在宴会上撕着吃也不太体面，就更少见了。面食当中的面条和饺子之类不和炒菜相配，吃法不同，在此不论。

我在天津生活多年，对吃馒头的记忆很多很逼真，但现在确实吃得少了。所以基本上可以得出一个结论，就是京津的正餐主食是米饭，人们也喜欢吃米饭。

但人难免言不由衷，说是喜欢米饭，那为什么能二选一的时候，比如在外参加的会议餐、酒店的自助餐，长餐桌上摆着米饭和馒头，我每次都是拿起馒头或者是花卷？

也可能还是吃馒头的机会相对少，图个新鲜。也可能内心里还是更喜欢吃馒头。伸出手拿起什么的时候，还是能看出人内心的价值取向，没有什么犹豫不决，只是时候不到，也没有什么无法选择，当必须选择的时候做出的选择，那一定是自己的真意。

地铁卖场

地铁准时,不堵车。找到一个入口进入,好像是遁入地下的土行孙,想去哪里都可以。

曾经在相当长的时间里,北京地铁两元钱坐到底,如果你不是想到达一个目的地,只是想获得乘车带来的快感,那你就坐吧,环着一座北京城,快感无死角。只要你不下车,就能坐下去,包括换乘。而如果下车,你能到达北京的几乎所有地方,毕竟是首都北京,地铁发达。

大城市的地铁都搞得不错,里程也都很长。尽管如此,也都普遍比较拥挤,地铁是一个含有百米赛跑、跨栏跑的比赛场所,穿插着乞讨、卖唱、性骚扰等各色人等。挤上去,挤!在逼仄的空间里,不管是时髦女郎还是农民工,大家静止地跳贴面舞,呼吸彼此的呼吸。一节节车厢运送不同的人去不同的地方,每个人都表情各异,都有属于自己的故事。

北京地铁两元钱的收费时代过去了,收费提高了。收费方式和过去也不一样了,过去有个地铁卡觉得很方便了,现在都用手机上的 App,一刷手机就进出车站了。

有人预测,未来地铁公司会主动邀请大家来坐地铁,给每人倒贴二十元也干。怎么能会有这样的事情呢？地铁那么多线路，那么大的流量，是巨大的市场，有那么多的人在地铁上下奔跑，这都是潜在的客户，地铁就是个虚拟的大卖场，地铁的车窗玻璃就是展示货物的虚拟平台。人上上下下，来来往往，商机无限，很多交易在地铁上就完成了，节省了其他选购时间。也有人反对这样的说法，说手机屏不就是卖场吗，何必去看地铁玻璃？很多事，以后就会知道了。

躺久了会想起来

一位朋友说，一周七天，有五天特别不想上班，另外两天特别不想起床。他真诚和大胆地说出了很多人的心声。一位同事也说，年轻时梦想四十岁就退休，过与世无争的生活，现在理想往后调整了十岁，五十岁必须退休！

不同的人有不同的想法，昨天和一位新入职的律师一起吃工作餐，他忽然眼里噙着泪花，喃喃地说，能有一份自己的工作，而且是自己热爱的事业，这有多好啊！每天到办公室，坐下时还艳阳高照，一抬头就晚霞满天，感到的不是疲惫而是幸福，钻研一个法律的细节问题，翻材料查东西思考，几个小时好像一瞬间就过来了！

年轻律师接着说，同学有早就辍学打工去的，也有的大学毕业不知道该怎样选择，就茫然地接着上研究生的。在工厂里打工的不少同学，因为工厂关了，工作当然就丢了。没有工作，就没有饭吃。他甚至感慨地跟我说，我得端好自己的饭碗！

初入世的年轻人，能有这样的见识，很了不起。职场的事，生活的艰难，他经历的挫折还少，过几年倦怠了，也可能就不会这么积极了。

那些每天休息和早日退休的想法,从人性的角度来看,也是人之常情,怎么想也都不能算错,想想总还是可以的。何况绝大多数不想上班的人还是得去,不想起床的人也总还是起来了,退休的念头当然由来已久,四十岁会推迟到五十岁,五十岁会推迟到五十五岁,然后就不用了,因为接下来就是六十岁了。

现在真的有个别"躺平"的年轻人,实现了躺着、不起床的想法,想怎么活就怎么活吧,躺久了也还是会想起来。

早些学会告别

年轻人当然都会觉得退休是很遥远的事，我那时也是这样想的。人二十出头工作，实足的工作年龄不到四十年。那时觉得时间长得不用去算，怎么算也都还是有一大把，剩下的时间渐渐没有过来的长，再之后距离退休就越来越近了。

忽就人到中年，座下人渐多，亲戚聚会时，猛然发现那么多愣愣的小伙子出现在面前，在记忆里，他们都还是孩子，变魔术一样就叼起了香烟挎起了女朋友。而另一种场景是那么多朋友开始逐渐退休，总觉得他们就定格在年轻时代，从来没有想过他们会老。

每个人都曾经是那些忽然就生猛的小伙子，也即将是显出老态的接近退休的人。这样的发现，非要到了一定时候才能体会到。

退休也是一种开始，退休后的多种计划，在刚刚工作时甚至就在憧憬了，比如旅行和写作，比如种花和养鱼，比如就在家里陪着家人，什么也不做。

当然，退休首先是结束，因为要有新的开始，结束的时候首先是解脱，结束了！但结束总是伴随着怅然若失。在一个地方工作了几十年，人和人之间足以产生爱恨情仇，不止于此，人和一座房子、一个物件、一片路上经过的小树林、小树林里常常窜出来的流浪猫,都可能有故事。留恋也是人之常情,自己的成长和老去,包括官位、被重视的感觉都会留恋,然后一转身离开。

不要等到退休以前,才知道自己竟然快要退休了。更早一些就得及时调整心态,学会和工作单位告别,也和这个世界慢慢告别,就算余生还有几十年,也要提前准备。告别,也要从青年抓起。

不知道就不知道

那天在酒店吃早餐,我选了一个比较安静的座位,音乐声中我享受美食和独处的宁静。但餐厅又不是自己家,总是会来来往往,不一会儿对面位子还是来了一个小伙子。我很纳闷,其实有空桌子,他为什么非要坐到我的对面。小伙子长相清秀,但吃相难看,他放下餐盘,抄起筷子,咬牙跺脚歪头,尤其是吧唧嘴的声音山呼海啸,我就觉得不好忍受了,这确实很影响食欲和心情。

如果我当面提出意见,效果一定不好,跟他又不认识,一定弄得双方很不愉快,个人的生活习惯,也确实是自己的事。我就想端起盘子到其他桌,但也为此有所犹豫。我也是刚刚吃,因为对面来了人就离开,好像是非常不欢迎的样子,可能会让对面的小伙子不知所措。过了一会儿,我还是装作找伙伴站起身来,好像若无其事地往旁边走。那个小伙子基本上没有抬头,继续声音很大地吧唧着。

我在走到较远处桌子坐下来的过程中,有一些零碎的思考。如果我是一个女生,在同等条件下选择两个都还不错的男生,吧唧嘴的肯定不行。如果我是一个主考官,二选一,吧唧嘴的也一定会落选。他认为无所谓的事情,在我这里可能就会是不可接受的。

这顿因为吧唧嘴才发生的早餐换桌事件，我思考的过程中，那个小伙子只是在大声吧唧嘴，他可能没有想，也不需要想，对面的人为什么会站起来并且走了。

世上事为什么会发生，其实都有缘由，但个中缘由，有的人知道，而有的人不知道。

当然，想这么多的人也够累的。人家不知道就不知道嘛。

媛媛的猜疑

一群同行业的朋友开会又聚到了一起。晚餐后，住在同一个驻地的十余个相知相熟的朋友，就三三两两分头行动，在指定的烤串店约齐。为什么要分头行动呢？约了张三，没有李四，就会显得不周到。如果十个人一起走，下楼遇到同团学习的人，叫上显得是临时起意，对人不尊重，如果不叫呢，人家一看十个人一起行动就明白八九分了，不叫也是对人家不尊重，人家去不去都尴尬。

那为什么刚吃了晚餐还要吃夜宵呢，知心朋友在一起，都是吃夜宵才比较放松。

话说这天的夜宵，大家喝得好，只有媛媛不爽，本来媛媛要请客的，结果让小强付了钱，于是媛媛说，明天晚餐之后，夜宵照旧，我请客！

第三天在餐厅吃早餐的时候，媛媛端着盘子，迎头遇到了小强，这么好的朋友，彼此目光却好像都有些躲闪，都想说点什么，但也都没有说出来。两人若无其事地坐在一个桌上，媛媛还给小强递了一罐儿酸奶。

这时刘主任来了，在旁边坐下，就对小强说，昨晚你要跟我去就好了，我让人家给灌醉了。原来是刘主任昨晚带了几个人去拜访当地的行业协会，人家就留吃饭款待了一下。

　　就见媛媛的脸上有了释然之色，刘主任吃了一点儿走后，媛媛对小强说，昨天晚餐时我没有看到你，我还纳闷儿呢，我以为你跟着刘主任去拜访了呢，我以为你们不方便带着我，既然你们有事，我就没跟你约夜宵。小强说，我为了跟你吃好夜宵，干脆晚饭时就没有去，在房间里等到你十一点多。没等媛媛再问，小强说，我还以为你跟别人去吃夜宵了没带我呢。

事情是这样的

阿发出现在会场的时候引起了一点儿轰动。大家一直都对阿发充满了好奇，阿发是个很忙碌的人，他身兼多职，偏偏每件事都做得不错。很多人都很纳闷，他是怎么做到的呢，人怎么可能同时做那么多事呢？当然，也有很多对阿发的负评，多面手往往要承担更多的指责，你到底是干什么的？大家的惊讶主要是因为，如果连今天这样的活动都参加，那阿发还有工作时间吗？再说，阿发这样的大腕，不应该出现在今天这样的过于业余的活动上。

事情是这样的。

前一天，刚刚买了新车的阿发高高兴兴地把车开到公司。他早就想好了，给新车租一个车位，虽然月租要一千元，但是按照小时来临时停车，每小时要收费十元，如果停二十四小时，那就要二百四十元，还不如包月合适呢。

办公室的小美告诉阿发，现在大厦的收费规定是，包月一千，但哪怕半个月也要一千元。阿发看看日历，今天是 30 日了，说那不是正好吗？从明天起算，今天先临时停车。但小美说，是以每月的 15 日计算，就是说从现在开始办理车证，到下个月 15 日一共十六天，也得交费一千。这个规定太奇葩了，但车总要停，按照临时停车还是不划算，阿发就跟小美说，你还是帮我去办一个。过了一会儿小美回来了，说办事的人今天调休，只能是明天办，后天再按包月停车，那您还不如15日再办呢。阿发想，好吧！

在会场，阿发见到了好几位老朋友，平时约也约不齐，吹着空调听着会，阿发不耽误处理自己的事，一个上午很高效，会场停车免费，上午三个小时，节省了三十元停车费。

会议的规律

不管什么会议，在自由发言时间，主持人怎么动员，刚开始参会人都放不开、扭捏，不敢说或者不想先说，总是希望别人先发言，自己看看情况再说，否则说深说浅担心掌握不好。而一旦话匣子打开、气氛被调节得热烈之后，话筒可能就都抢不上了，其实都有话要说，人和人在一起还是希望获得共鸣。会议的宴会餐，刚开始都彼此"端着"，总是要在之后，在街边店吃夜宵的时候才会彼此熟悉，卸下防备，深度交流。

一个代表团在外出学习的过程中，可能好几天过去了，大家也彼此矜持，不认识也不好意思主动打招呼，只有到了会议马上快结束，才仿佛猛然醒过味儿来，就要分开了，再不联系一下就没有机会了，很可能临别前最后的那个夜晚，大家才互相约酒，放下架子，彼此加微信，热聊一番。在会议结束之后，大家也可能自发约起来，前往会议所在地的景区游览，感情急剧升温，火候不到，氛围就不到。

总有人迟到，也总有人早退。活动一旦开了头，就会有人陆续离开，也会有人是报到之后领了会议资料和礼品就溜走了。后半段儿走得更多，领会了这个会议的大概意思，就要奔赴下一个了。所以如果有话要说还是提前一点儿好。

一个发现是,如果会议组织者能在众人报到后就组织"破冰"沟通,分成小组能迅速地打成一片,可能就成为一辈子的朋友了。很多情况是会议结束就不再有联系,因为本来也不怎么认识。

更重要的发现是一旦会议结束,想原班人马再凑起来,已经不可能。今生的缘分就是这么多。

吧唧嘴考

吧唧嘴是吃饭时发出的不得体的声音,据说对此北方人相对在意,家长一般会教育孩子在吃饭嚼食物时,不要发出不必要的声音,而南方人则多宽容,认为这不是什么大不了的事。

那年我的一位实习生,湖北人小刘,跟我一起打官司胜诉,我们走出法庭就决定中午吃一点儿好的来庆祝,午饭时他谈笑风生地夹起菜来,不仅有较大的咀嚼声,而且发出非常有响动的吧唧嘴声。我委婉地跟他说,餐桌上就算只是熟人,吃饭时也不应该吧唧嘴,如果有外人就更不应该了。他先是说了一句"香嘛",接着又说了一句"高兴"。他不仅吧唧嘴,而且张着嘴咀嚼食物。

有的吧唧嘴是习惯的情不自禁的行为,也有的吧唧嘴是为了表达快乐的幸福感受。池莉有一篇小说叫做《有了快感你就喊》,大约和小刘这一句"香嘛"是一个意思。小刘的意思是想说,菜的味道很好,他吃美了,于是就发出吧唧声作为一种表达,相当于有了快感在喊。也有很多人表示,不吧唧嘴吃饭都不香,还有人说吧唧嘴吃饭都习惯了,如果不出声音,不但吃饭的快乐没有了,甚至会咬到舌头。而小刘的这句"高兴",除了美食带来的快乐以外,也有获得胜诉的心情原因,就是说,吧唧嘴不仅可以因为美食,也可以是因为其他高兴事的表达。

池莉所说的快感和喊,当然是有所专指。而看戏看美了要喊好,阻拦戏迷喊好会让戏迷很不舒服。看台上的球迷也是如此,就是喊好和鼓掌来的,为什么不让?

时光流逝,也不知道小刘现在何处,他吃美了,就让他吧唧嘴过过瘾吧。

两个出租车司机

我到达黄陵县高铁站下车的时候，照例有一群出租车司机围拢过来。

我从黄陵回延安去高铁站时，在酒店里用滴滴打车找了一辆出租车。

来回的两位长相憨厚的陕北老哥都帮我拎箱子放进后备厢，都不像京津一带的司机那么能聊，一路都是沉默不语。

先说走时的这位吧，差一点儿把我对黄陵出租车司机的美好印象给破坏掉。原因是我在酒店大堂里，左等他不来，右等也不来。等我走到太阳底下，还是没有看见他的车，我的语气里就或多或少有埋怨之意。好在很快说清楚了，原来他是到另外的酒店去接我，闹误会了。好在小城不大，三两分钟他就来了。帮我把箱子放进后备厢，车开平稳了，他才一脸笑向我解释，你看，定位就是另外的一个酒店。

我也已经知道不是他的原因走错了，忙向他道歉。

来时的那位司机，因为是在车站围拢过来的，天生让人有抵触情绪。他告诉我车费是四十元，还特意告诉我有二十一公里。我说那就看计价器吧。

路上老兄告诉我有一家酒店叫桥山滨湖，距离黄帝陵最近。我知道黄帝陵就在桥山，内心里还是有点儿轻蔑地认为，他把我拉到这家酒店，恐怕是要得点儿回扣的，还想就当帮帮他吧。但到酒店，他马上就开走了，根本没有回扣的事。第二天我从这家酒店离开的时候才清楚地发现酒店和景区基本上是相连的，湖和桥山都是景色。

最后说，来时出租车的计价器是四十五元，我交费的时候内心里却非常感动，要价没有计价器多，这是打车史上从来没有过的情况，诚实的美德暖人心。其实本该如此，但还是感动了。

不是所有的伤害都来自拒绝

一个人外出旅行的问题是没有人给拍照。

那就只好请路过的人来帮忙。请谁来给拍，也是要掂量的。两个手都提着东西的、打着伞的、抱小孩儿的、正在着急地打电话的、匆匆忙忙往前跑的、一脸忧伤的，还有年龄过大的老者以及小孩子，这都不应该麻烦人家。

一般来说，礼貌地请求别人，别人都会帮忙的。举手之劳，何乐而不为？当然，也不尽然，比如昨天我遇到的一位悠闲的中年男士，他从我旁边路过的时候，我拱手致意，请他帮我拍照。这位兄弟连头都不摇，勉强地摆摆手，扬长而去。

对于我这样走南闯北的人来说，遇到的拒绝太多了。但我一时的沮丧之情也在所难免，当然转念想，人家帮是人情，不帮是本分，就请下一位帮我拍好完事。

而今天我在黄帝陵的时候，在汉武仙台前又想拍照，那时我的近旁有一个小伙子正在打电话，看来是急事儿。我就想等他打完电话请他帮我拍，他的电话终于打完了，看起来好像长舒了一口气的样子。这时从旁边又过来了一位年轻人，我就把手机递给刚来的这位，说，请你给我拍个照吧。在刚来的人欣然允诺的时候，刚刚打完电话的小伙子一脸失落地望着我，意思是说我距离你这么近，你为什么不找我？

可这时我的手机已经递到了刚刚从我这路过的小伙子手里了，于是三个人都尴尬愣住。刚打完电话的小伙子甚至有一些自我解嘲地说，没关系，没关系，让他拍。一脸讪讪地走开了。

遭到拒绝，人都会受到伤害。其实得不到邀请，也是一种伤害，尽管，我是担心给他添麻烦呀。

即将参加会考的东北男生

我到一座东北小城办案,会见结束了将近下午四点,在街边的小店吃了一盘饺子,才觉得不那么冷了,体力虽然有所恢复,但我也只能先住下来,转天早上再走。

小城虽然没有下雪,但比起京津还是要冷得多了,我想找一辆出租车带我去一家较好的酒店,看见路口一个小伙子和一个女孩站在那儿说话,神情自若,好像很成熟的样子。我就问,兄弟,这里最好的酒店在哪里?小伙子伸手向前一指说,叔,我就住在那里,这就挺不错。小伙子身穿一身黑色的羽绒服,不惜伸出手来比画帮我指路,这样的天气手伸出来都会担心冻掉。

他还主动跟我说,他就是当地的,是因为明天会考才住在了县城。我有些惊讶地说你还是个高中生啊,这么成熟。小伙子不露声色地点点头,说,叔,您快去吧,挺不错的。

他旁边的女孩挎着他,调皮地问我,叔,他是不是特显老?

我问女孩儿,你也要会考吗?女孩儿也点点头。我笑着对他们说,小小年纪就谈恋爱。两个孩子似乎很懂我的幽默和友好,他们跺着脚左右摇摆,以抵御寒冷,脸上洋溢着幸福的微笑,我这才发现东北的天黑得早,已经擦黑了,他们站在暮色里,像一幅画。

我拍拍那小伙子的肩膀表示祝他好运,就转身直奔那家酒店而去。

那家酒店门面还可以,但一旦走进去,我其实已经有所失望,我或多或少已经有要走的意思了,我忽然想到,一个高中生和我这样的一个中年人,评判和选择酒店的标准是不一样的。这时就见小伙子和女孩儿也走了进来,对我说,叔,挺不错的。

一个没有参加会考的东北女孩

我到了一家东北小城的快捷酒店,因为条件过于一般,我想着走的。

酒店的前台,只有一个十八九岁的小姑娘,告诉我房间不多了,因为明天会考,住了好多学生。我说看你也像个学生,她说上半年还在上学,要不然也参加会考了。

女孩介绍说当地原本有一家挺好的二人转场子,这两年也干黄了,要不然您晚上可以去看。

说着话,我也就不好意思走了。向外看,虽然还不到下午五点,但小城已经全黑了,天气又这么冷,那就住下来吧。

住这样的快捷酒店,一般是会出岔头儿的。果然,不到夜里十一点,空调就不工作了。才发现房间里也没有电话,只好穿上衣服到一楼前台,我的语气里已经有责怪之意,对那姑娘说,我如果知道你们的空调是定时的,就不会住在这里了,你应该提前告诉我的。

小姑娘没有反驳,一脸歉意,她拿起一个遥控器,对我说,您去点这个"模式键",就能启动的。

我回来当然也鼓捣不好,隔壁房间里又有学生在打闹,隔音效果很差。我凭着身体残存的火力,胡乱睡去。

  天还没亮我起来赶高铁,下楼走近看见前台柜子里面有一张钢丝床,整齐地铺着被子,却看不到人。我只好对着屋子问,有人吗?却见昨晚的小姑娘一脸睡意,神奇地从被子里钻了出来,她薄得像张纸,脸色苍白。我说你就住在这空荡荡的地方,有多冷啊!姑娘说不许我住在房间里呀,说着操作把我昨晚交的押金原路返回。

  她忽然对我说,叔,下雪了。

  我向门外望去,漫天白雪,街上有人正在黎明里扫雪,把那雪末子扬得到处都是。

我给你煮一个吧

我从桥山滨湖酒店往黄帝陵景区走的时候,过入口而没马上发现。往前多走了大约五十米看见了这家小店,就进去想买吃的,这才有了这段奇遇和这篇文字。

这家店售卖冷饮小食品,也卖凉皮、烤肠、肉夹馍等吃食,整洁清凉的店中央摆着几张桌子,可以堂食。

店主是一位年轻的女士,黑衣黑裤,还戴着一个黑口罩,更显肤白,头戴遮阳帽,很飒利。尽管看不清她的脸,但看善良的眼睛和修长的身材,也知道这是一位美女。

我问她有什么吃的,她说什么都有。我怯生生地说那有茶叶蛋没有,美女迟疑地说那没有。她看出了我失望的神色,于是对我说,我给你煮一个吧。

这句话让人温暖极了。鸡蛋,那都是妈妈和妻子给煮的,握在手里和吃进肚子里的温热的鸡蛋,是来自童年和家的记忆。美女也略有一些不好意思地说,只能是白水煮鸡蛋,不是茶叶蛋,我说那样最好。

我就在屋子里坐了下来,安静地等着。美女店主一刻不得闲,忙里忙外地收拾,把店门前的空地用喷壶洒上水,清凉和美好的感觉就又深了一层。

  她告诉我，景区大门往回走一点儿就是了，普通话说得不错。我其实很想跟她合影留念，但我还是没有说。几分钟后鸡蛋煮好，她用包装袋给我包好递到手里，又说了一句，路上趁热吃。

  我转身离开时手握着有温度的鸡蛋，才意识到是两个鸡蛋，我只要了一个，她多给了我一个。

  我历时几年零星时间写的这部《在茶热的时候喝下去》就要交付出版，我用文字记录这位黄帝陵前善良的店主，这是我这部书的终结篇，后面不写了，以为纪念。

跋

一本随笔录而已，前面本有"自序"，又写了"再序"，现在又要写"跋"文，多少显得啰嗦。

"再序"是 2023 年 12 月写的，以为延宕了几年后，很快就能出版，没想到又拖了大半年。现在，巴黎奥运会激战正酣，我仍然星夜奔驰，白天做律师，晚上当作家。

但总会有改变，明天将迎来我的律师事务所的周年庆典，之后就改旗易帜，做成一家全国和国际化的品牌律师事务所。我的文章写得有时快，有时慢，但总是在写着。

没有人要求我做上面的情况汇报，读者也不会关心。读者能看看书里的几篇作品并且有共鸣，这已经是很深的缘分了。

所以，所有的文字是给自己、给内心，至少首先是写给自己，这是写作的原因和理由。写作能不能有更大的作用呢？也许有。写下去才能找到答案。

2024 年 8 月 7 日　天津